KB131271

여기는 Q대학교 입학처입니다

여기는 Q대학교 입학처입니다

지은이 권제훈
펴낸이 임상진
펴낸곳 (주)넥서스

초판1쇄 발행 2022년 9월 20일
초판4쇄 발행 2022년 12월 15일

출판신고 1992년 4월 3일 제311-2002-2호
10880 경기도 파주시 지목로 5
Tel (02)330-5500 Fax (02)330-5555

ISBN 979-11-6683-369-4 03810

권제훈 장편소설

여기는
Q대학교
입학처
입니다

&

차례

대학 입시란 무엇인가　　　　　　　7

대학 서열을 파괴하는 방법　　　　32

못 말리는 사람들　　　　　　　　53

그 남자의 직업병　　　　　　　　79

막걸리가 땡기는 날　　　　　　　103

우리 사랑의 유통기한은　　　　　125

가자, 해외로!　　　　　　　　　146

의대병에 걸린 학부모에게　　　　166

서류 평가는 어려워　　　　　　　188

학교를 위하는 마음　　　　　　　214

입학은 사랑입니다　　　　　　　237

작가의 말　　　　　　　　　　　254

대학 입시란 무엇인가

최성관 선생이 여자 친구로부터 헤어지자는 통보를 받은 건 1월 1일 오전 10시였다. 출근한 지 한 시간 만이었고 취직한 지 반년이 흐른 시점이었다. 그는 자녀를 대학에 꼭 합격시키겠다는 의지가 매우 강렬한 학부모의 전화를 받고 있었다. 사무실 전화기를 어깨와 볼 사이에 끼우고 습관적으로 휴대폰을 켰다. 그 순간 눈이 휘둥그레졌다.

새해 벽두부터 이게 도대체 무슨 소리인가.

최성관은 외계어를 보듯 메시지를 쳐다봤다. 난독증이라도 걸린 것 같았다. 이해력이 떨어지는 건 전화기 너머의 학부모도 마찬가지였다.

"선생님, 작년에는 이 성적으로 경영학과에 붙었다는 말씀이죠?"

최성관은 일단 휴대폰을 덮어두고 학부모에게 집중했다.

"어머님, 그런 뜻이 아니고요. 지원해볼 만한 성적대는 된다는 거예요."

"그러니까요. 작년 기준으로 보면 합격이란 말씀이잖아요?"

묻지도 않았는데 학부모는 다시 한번 각 과목의 표준점수, 백분위, 등급을 빠른 속도로 읊었다. 자녀의 수능 성적표를 눈앞에 두고 읽는 건지 너무 많이 봐서 외운 건지 망설임이 없었다. 최성관은 고개를 절레절레 저었다.

"아뇨, 그런 뜻으로 말씀드린 게 아니고요. 자녀분이랑 비슷한 성적대의 학생들이 많이 지원한다는 거죠."

"선생님, 말씀을 왜 그렇게 어렵게 하세요? 뱀처럼 꼬지 말고 확실하게 해주셔야죠. 애 인생이 걸린 문젠데."

학부모가 따지듯 말했다.

"작년 기준으로 합격인지 불합격인지만 말씀해주시면 되잖아요."

"어머님, 몇 번을 말씀드리지만 지금은 상담해드릴 수 없어요. 정시 원서 접수 중이잖아요. 이미 접수한 다른 학생들도 많고요. 그리고 저희가 지금 지원한 학생들의 수능점수를 알 수 있는 것도 아니잖아요. 작년이랑 올해 수능시험 자체가 다른데 똑같은 잣대를 들이댈 수도 없고요."

최성관이 몰아붙이자 잠시 침묵이 흘렀다. 이쯤이면 끊지 않을까 기대하면서 잠자코 기다렸다. 하지만 학부모는 포기하지 않고 새로운 이야기로 방향을 틀었다.

"그럼 선생님, 경제학과는 어때요? 경영학과보다 커트라인이 낮다고 그러던데. 그럼 가능성이 있는 거 아니에요?"

조금 전만 해도 경영학과에 꼭 가야 한다더니, 스무고개라도 하듯 대화가 다시 시작되었다. 학부모는 기어코 심리학과와 영어영문학과를 거쳐 철학과까지 물어본 다음에야 전화를 끊었다. 곧바로 다른 대학에 전화를 걸고 있을지도 몰랐다.

출근해서 이제 겨우 전화 몇 통을 받았을 뿐인데, 최성관은 기운이 쫙 빠졌다. 그때서야 마우스 옆에 놓아둔 휴대폰이 눈에 들어왔다. 최성관은 선뜻 손을 뻗지 못했다. 메시지를 확인하는 게 망설여졌다. 대신 다른 직원들은 뭘 하는지 괜히 두리번거렸다. 다들 똥 씹은 표정으로 전화기를 붙들고 원서 접수 방법을 안내하고 있었다. 전화기를 내려놓기 무섭게 또 전화가 울렸다. 흡사 콜센터 같았다.

새해 첫날부터 출근이라니. 1월 1일은 신정이고 엄연히 국가에서 지정한 공휴일인데. 올해 정시모집 원서 접수 기간을 12월 30일부터 1월 2일까지로 정한 인간들은 도대체 뭐 하는 놈들인가. 가족도 애인도 친구도 없는 것들인가. 아무리 못해도 집에 TV나 컴퓨터는 있지 않을까. 이런 날에는 가만히 집에 틀어박혀

서 새해를 맞이해야 하는 게 아닐까. 남들 노는 꼴을 못 봐서 해코지라도 하는 건가.

최성관은 소리라도 꽥꽥 지르고 싶었지만 참았다. 그는 사무실에서 막내였다. 반년 전 모교인 Q대에 교직원으로 취업했을 때만 해도 여자 친구에게 이런 메시지를 받을 날이 올 거라곤 전혀 예상하지 못했다. 최성관의 부모님은 어려운 시기에 아들이 취업했다며 덩실덩실 어깨춤을 추며 기뻐했고, 여자 친구의 부모님 또한 갑자기 그를 사위처럼 대했다. 당시 최성관이나 여자 친구도 이런 부모님들의 호들갑스러운 반응이 부담스럽지 않았고 여자 친구만 취업하면 자연스레 결혼으로 이어질 거라 생각했다.

하지만 둘 사이는 최성관이 취업하고 한 달이 채 지나기도 전에 어긋났다. 이유는 아주 간단하다. 최성관이 너무 바빴기 때문이다. 그조차도 대학교 교직원인 자신이 왜 이렇게 바쁜지 이해하기 힘들었으니 여자 친구가 이해하지 못하는 건 당연한 일이었다.

흔히 대학교 교직원이라고 하면 신의 직장을 다닌다거나 신이 숨겨둔 직장을 잘도 찾았다며 부러워했다. 하는 일 없이 꼬박꼬박 월급은 받으면서 캠퍼스를 즐기고 연금까지 보장받는다고 생각하기 때문이다. 최성관도 그런 삶을 꿈꾸며 교직원이 되었다. 일은 적당히 하면서 삶을 마음껏 누릴 수 있으리라 생각했다. 방학 땐 조기 퇴근의 여유를 누리기도 하면서 말이다. 가늘고 길게 회사 생활을 하는 게 소망인 그에게 이보다 딱 맞는 직장은 없어 보였다. 친구도 선배도 후배도 그를 부러워하면서 교직원이 되려면 필요한 게 뭐냐고 물었고, 그때마다 최성관은 이렇게 답했다.

"그냥, 학교를 사랑하는 마음이지 뭐."

하지만 까부는 것도 잠시, 최성관은 얼마 지나지 않아 야근과 주말 출근이 너무 많아 미칠 것 같다고 토로하는 신세가 되었다. 친구들은 말도 안 되는 소리 하지 말라며 핀잔을 줬다.

"야, 방학 때 행정실에 가면 4시에도 불이 꺼져 있던데?"

"자기 업무 아니라고 전화를 계속 돌리던데? 그럼 전화를 받은 사람은 뭐라는 줄 알아? '그 사람이 저한테 전화를 돌렸다고요? 정말 이상한 일이네요. 이건 그 사람 업무인데 말이죠' 이러더라."

"점심 먹고 피곤하면 그냥 집에 가는 사람도 있다던데?"

뭐 이런 식이다. 그러면 최성관은 더욱 억울하고 불쌍한 표정을 지으며 울부짖었다.

"다른 부서는 모르겠고 난 입학처라니깐. 존나 바쁘다고."

한참 질질 짜면 그제야 친구들도 인정을 해줬다. 그렇다고 해서 힘이 나는 건 아니었지만 최성관은 친구들의 입에서 이 얘기가 나올 때까지 징징거렸다.

"입시철에는 좀 바쁘긴 하겠다."

하지만 그 입시철이라는 게 한없이 길다. 수시는 9월부터 12월까지, 정시는 1월부터 2월까지. 한마디로 1년 중 절반이다. 7, 8월에 진행되는 재외국민전형에 외국인, 대학원, 편입까지 더하면 사실상 1년 내내 입시가 진행된다고 봐도 무방하다. 그렇다고 상반기라고 해서 편한 것만도 아닌 듯하다. 학교 홍보를 위해 전국을 돌아다니느라 가정이 파탄 났다는 소리가 여기저기서 들려왔다.

7월에 입사한 최성관은 반년 동안 이리저리 끌려다니며 입시를 맛보았다. 다짜고짜 서류 평가를 하고 논술시험, 면접시험, 실기시험 등 각종 시험을 준비했다. 그 외에도 서류 정리, 보고서 작성, 통계 분석 등 다양한 일을 했다. 한 대학의 입시는 한 사람이 할 수 있는 것도, 업무 특성상 무 자르듯 일을 구분할 수 있는 것도 아니었다. 그러다 보니 막내 최성관은 모든 일에 힘을 보태야 했다.

— 말해 봐. 우리 지금 무슨 사이인지. 사귀는 거라고 볼 순 없지 않니?

최성관은 이 문장을 반복해 읽었다. 사귀는 게 아니면 우린 대체 무슨 사이일까. 울고 싶은 최성관의 마음을 대변하듯 전화가 끊임없이 울렸다.

"딸 아이 원서를 작성하고 있는데요. 자기소개서는 어디에 입력하라는 건가요?"

최성관은 "자기소개서 입력란에 입력하는 거죠. 그러지 말고 그냥 자녀분한테 얘기하면 금방 할 거예요"라고 말하고 싶었지만 꾹 참았다.

어떻게 된 게 원서 접수까지 학부모가 해주는 걸까. 하긴 학과 행정실에서 근무하는 동기는 수강 신청도 학부모가 하고, 수강 신청에 실패하면 그 항의 또한 학부모가 한다고 했다. 대기업 인사팀에 취직한 친구는 직장에도 내 자식이 왜 떨어졌냐고 항의하는 부모들이 있다고 투덜거렸다. 문득 최성관은 엄마가 여자 친구에게 미안하다고 사과하며 한 번만 더 내 아들에게 기회를 달라고 하면 어떨지 생각해봤으나 전혀 도움이 될 것 같진 않았다.

안타깝지만 최성관은 이별을 덤덤하게 받아들여야겠다고 다짐했다. 파도처럼 끊임없이 밀려오는 전화를 막을 수 없듯 여자 친구와의 이별 또한 거스를 수 없을 것 같았다. 그렇다고 최성관의 마음이 바뀐 건 아니다. 마음만큼은 한 번 더 여자 친구를 붙잡고 싶었다. 다만 이제 그런 얘기를 하는 것조차 민망하고 오늘은 정말 어쩔 수 없었다고 용서를 비는 것도 구차하게 느껴졌다.

"새해 첫날 정동진에 해 뜨는 거 꼭 보러 가자."

불과 나흘 전에도 여자 친구에게 지키지 못할 약속을 했다. 그 말을 하는 순간에도 최성관은 힘들 거라고 예상했지만 차마 솔직하게 말할 수 없었다. 크리스마스이브와 크리스마스 그리고 이어지는 주말까지 출근하는 바람에 이미 여자 친구에게 가루가 되도록 갈린 후였다.

그땐 수시모집 추가 합격자 발표 때문에 출근할 수밖에 없었다. 추가 합격자를 발표하면 누군가가 다른 대학으로 도망가고, 다음 학생을 선발하면 또 도망가는 식이었다. 그러다 보니 주어진 기간 동안 하루도 빠짐없이 추가 합격자를 발표해야 했다. 예수님이 태어나신 날까지 추가 합격자 발표를 해야 하다니. 최성관은 기독교 신자도 아니지만 억울했다. 옆자리에서 유튜브로 크리스마스 캐럴을 듣고 있던 홍지원 입학사정관이 괴로워하는 최성관을 달래주었다.

"우리가 불합격자들을 구원해준다고 생각하면 뭐랄까, 소명의식 같은 게 생기긴 해요. 불합격자가 합격자가 되는 게 꼭 부활하는 것 같지 않아요? 일종의 패자부활전 같은 거죠."

최성관은 혹시나 하는 마음에 이 얘기를 여자 친구에게 그대로 전했지만 역시나 도움이 되진 않았다. 여자 친구는 혀를 찼다.

"소명 의식? 부활? 아주 예수님 납셨네, 납셨어."

이런 일들이 지난 반년 동안 이어졌다. 하필이면 여자 친구 생일은 논술시험 날이고 최성관의 생일은 면접시험 날이었다. 주말마다 각종 시험이 복병처럼 도사리고 있었고 서류 평가는 하고 또 해도 끝이 없었다. 망치로 아무리 내리쳐도 죽지 않고 고개를 쳐드는 두더지 같았다.

신의 직장에 다닌다는 얘기를 들으며 속으로 생각하곤 했다. 우리가 상상할 수 없을 정도로 신이 바쁠 수도 있다고. 이거 해 달라 저거 해달라, 인간들의 징징거리는 소리를 듣는 것만으로도 얼마나 정신이 없을까. 또 인간들이 저지르는 사고를 수습하는 게 얼마나 귀찮고 고통스러울까.

때마침 사람을 아주 고통스럽게 하는 인간이 최성관의 자리 쪽으로 오고 있었다. 한덕수 입학처장이다. 그는 생명과학과 교수인데, 하는 짓만 보면 '대학입시학과 교주' 수준이었다. 입시를 위해 태어난 사람처럼 자신의 모든 에너지를 입학처에 바쳤다. 몇몇 직원들은 한덕수가 등장하면 "당신은 입시하기 위해 태어난 사람, 당신의 삶 속에서 그 입시하고 있지요"라며 유명한 노래를 개사해 몰래 흥얼거릴 정도였다.

갈등, 배신, 질투, 중상모략이 끊이지 않는 이곳에서 직원들을 대동단결하게 할 만큼 한덕수의 존재감은 대단하다. 한덕수는 많은 이들이 자신 때문에 괴로워한다는 것을 분명히 알고 있을 텐데도 행동에 거침이 없다. 오직 Q대가 우수한 신입생을 선발할 수 있다면, 그래서 경쟁 대학인 W대를 이길 수만 있다면 직원 한두 명쯤 과로사하더라도 눈 하나 깜짝할 사람이 아니다. 오히려 영광의 상처이자 훈장으로 삼을 인간이다.

또 하나, 그는 매우 말이 많은 사람이다. 한번 붙잡히면 한두 시간은 아무것도 아니었다. 스케줄을 짜서 입학팀 모든 직원과 격주로 면담을 진행했는데, 말이 면담이지 거의 말 고문이었다. 그에게 다른 일정이 생겨 면담이 취소되기라도 하면 직원들은 휴가라도 얻은 것처럼 기뻐했다.

한덕수는 심기가 대단히 불편했다. 정시 원서 접수 마감이 하루밖에 남지 않은 시점에서 경쟁률이 0.5 대 1도 되지 않았기 때문이다. 원서 접수 마지막 날 밀물처럼 원서가 밀려온다는 것을 알면서도 불안해했다. 한덕수는 다람쥐처럼 사무실을 돌며 직원들이 전화를 잘 받는지 응대를 잘하는지 확인했다. 직원들은 그가 다가오면 울리지도 않는 전화기를 들고 아무런 말이나 내뱉었다. 최성관도 혹여 처장이 말을 걸까 봐 냉큼 전화기를 들었다.

"네, 어머님. 의예과에 지원하고 싶으세요? 의예과 정말 좋죠. 저도 다시 태어나면 의예과에 꼭 가고 싶어요. 어떤 걸 도와드리면 될까요?"

한덕수는 몇 초간 최성관 옆에 서서 통화 내용을 확인한 후 고개를 끄덕이더니 다른 사람을 향해 터벅터벅 걸어갔다.

한덕수의 첫인상은 아주 강렬했다. 최성관이 일주일간의 신입 직원 교육이 끝나고 입학팀으로 출근한 날이었다. 첫 출근이라 깔끔하게 정장에 넥타이를 매고 출근 시간보다 한 시간 먼저 사무실에 도착했다. 자리도 정리하고 마음도 차분하게 가라앉히면서 회사 생활을 시작할 생각이었다. 조심스레 사무실 문을 열고 들어가는데 덩치 큰 생물체가 안쪽 방에서 툭 튀어나왔다. 키 190센티미터에 몸무게 100킬로그램 정도는 족히 돼 보였다. 최성관은 생물체와 눈이 마주친 순간 도둑인가 싶었다.

설마, 청소하시는 분이겠지?

최성관은 "안녕하세요" 하고 인사했다. 돌아오는 답변도 간단한 인사가 아닐까 생각하면서.

"아메바인가?"

덩치 큰 생물체가 저 멀리서 물었다.

"네?"

최성관은 진심으로 놀라 되물었다.

"뉴페이스 아메바 선생 오셨냐고."

큰 생물체가 성큼성큼 걸어왔다. 육식 공룡이 먹이를 향해 달려오는 것 같았다. 훗날 최성관은 그때 부리나케 도망가지 못한 걸 후회했다. 공룡 뺨치는 괴이한 생물체가 자신을 향해 거침없이 진격해올 때 미련 없이 도망쳐 새로운 직장을 찾아야 했다. 나중에 안 사실이지만, 실제로 선배 두 명은 3개월도 채 버티지 못하고 그만두었다. 교직원은 웬만해선 그만두지 않는데 말이다.

"박사?"

육식 공룡이 최성관에게 악수를 청하며 물었다.

"네?"

"박사 출신이냔 말이오."

"아, 아닙니다."

"그럼 석사?"

"아닙니다. 학사 졸업했습니다."

"거봐, 아메바 맞네. 학사는 아메바, 석사는 파충류, 박사는 침팬지. 그럼 나는?"

아메바? 파충류? 최성관은 의아했으나 그런 걸 궁금해하고 있을 때가 아니었다. 한순간 방심하면 잡아먹힐 것 같았다.

"교수인 나는 뭐겠소?"

"사람이십니다."

"그렇소. 자넨 아메바, 나는 사람."

그는 짐짓 최성관의 눈치를 살피더니 큰 소리로 웃었다. 덩치에 걸맞게 웃음소리도 매우 컸다.

"어디 가서 이런 걸 갑질이라고 신고하면 안 돼요. 이건 그냥 아이스 브레이킹이오. 꽝꽝 얼어붙은 얼음을 깨뜨리는 아이스 브레이킹. 농담이란 말이오. 아시겠소?"

"네."

"자, 그럼 본격적으로 대화를 나눠봅시다. 이리 오시오."

최성관은 영문도 모르고 그를 따라갔다. 육식 공룡은 아까 나왔던 방으로 머리를 숙이며 쏙 들어갔다. 사무실을 둘러봤다. 그러나 그를 구해줄 사람은 아무도 없었다. 방에 들어가며 문패를 확인했다.

입학처장실

육식 공룡이 다름 아닌 한덕수 입학처장이었다. 처장실에 들어서자 한쪽 구석에 있는 접이식 소파 침대와 그 위에 어지럽게 펼쳐진 침낭이 시선을 사로잡았다. 한덕수의 머리에 까치집이 지어진 걸 보니 아무래도 여기서 잔 모양이다. 회의 테이블에는 이미 다 먹은 참깨라면, 핫도그 꼬치 세 개, 사이다 두 캔이 나뒹굴었다.

한덕수가 쓰레기를 대충 치우는 사이 최성관은 처장실을 두리번거렸다. 벽면에는 따봉을 하는 한덕수 사진이 대문짝만하게 걸려 있고, 그 아래로 입학팀의 단체 사진들이 나란히 자리하고 있었다. '육식 공룡과 아이들'이라고 이름 붙여도 손색없을 사진들이었다. 고등학교 다닐 때 실험실에서나 봤던 인체 모형이 못 올 곳에 왔다는 듯 위협적으로 느껴졌다.

8시 20분부터 직원들이 하나둘 출근하며 인사를 하러 왔지만 처장실에 1밀리미터라도 발을 들이민 사람은 없었다. 문이 활짝 열려 있어도 사람들은 처장실에 투명막이라도 있는 것처럼 행동했다. 모두가 최성관을 처장에게 바치는 제물 정도로 생각하는 것 같았다. 소파 침대를 보고도 당황하지 않는 걸 보니 이 또한 익숙한 풍경인 모양이었다.

강남구 도곡동의 내로라하는 아파트에 사는 한덕수가 도대체 왜 처장실에서 자주 잠을 청하는지 의견만 분분했다.

"가족이랑 사이가 안 좋은 게 아닐까요? 아내랑 심하게 싸웠다거나. 아니면 쫓겨났을 수도 있고요."

"기러기라고 했던 거 같은데. 가족 다 미국에 있다고 하지 않았어요?"

"일부러 저러는 거 아니겠어요? 우리가 힘들어하는 걸 보면서 쾌감을 느끼는 거죠."

"변태네, 변태야."

"사무실을 너무 사랑해서 밤에도 차마 떠나지 못하는 게 아닐까요?"

"어쩌면 서민 체험을 하는 걸지도 몰라요. 우리랑 소통하려고 나름 노력하는 거죠."

11시 50분경 오현종 입학팀장이 점심을 먹으러 가자고 할 때까지 최성관은 약 네 시간 동안 한덕수를 독대했다. 한덕수는 수십 년간 말 한마디 못 하다가 처음 말문이 터진 사람처럼 미친 듯이 말하고 또 말했다. 중간에 딱 한 번 화장실을 함께 다녀오면서도 그는 쉬지 않았다. 목이 마르면 물 대신 사이다를 마셨

고, 허기지면 치즈크리스피 핫도그를 전자레인지에 데워 먹었
다. 12시에 테이블을 보니 사이다 네 캔과 핫도그 꼬치 세 개가
쌓여 있었다.

콜라 중독은 많이 봤는데 사이다 중독은 또 처음이네, 다 큰
어른이 핫도그는 또 뭐야. 하긴 이 덩치를 유지하려면 끊임없이
먹긴 해야겠다. 최성관이 생각에 빠져 있는데, 느닷없이 면접이
시작되었다.

"대학 입시가 뭐라고 생각하시오?"

"우수한 학생을 선발하는 거라고 생각합니다."

최성관은 꾸역꾸역 대답했다.

"우수한 학생은 어떤 학생이오?"

"공부 잘하고 인성도 훌륭하고……."

"또?"

"학교생활 충실히 수행하면서 독서도 하고 봉사도 하고……."

"그런 학생이 많소? 공부도 잘하면서 착하고 책도 많이 읽고
봉사도 많이 하고 학교 활동에 적극적으로 참여한 학생이 많으
냔 말이오."

"많지 않습니다."

"그렇소. 그런 학생은 극히 드무오. 자, 그러면 대학 입시가 무
엇인 것 같소?"

"네?"

"대학 입시를 뭐라고 생각하냔 말이오."

최성관이 머뭇거리자 한덕수가 참지 못하고 흥분해 스스로 대답했다.

"전쟁이오, 전쟁!"

그 순간 한덕수의 눈에 섬광이 번쩍였다. 최성관은 '이 사람이 보통 사람은 아니구나' 싶었고 그 불길한 예감은 틀리지 않았다. 한덕수는 과대망상에 빠진 전쟁광이었다. 종종 이순신 장군이나 제갈공명을 언급하는 걸 보면 본인을 그렇게 생각하는 것 같았는데, 굳이 따지자면 히틀러나 무솔리니에 가까웠다. 히틀러나 무솔리니가 들으면 자존심이 무척 상하겠지만 말이다.

"사람들이 왜 전쟁을 하는지 아시오? 내 것을 지키고 남의 것을 빼앗기 위해서요. 한정된 땅, 식량, 자원을 서로 차지하기 위해서란 말이오. 우리도 마찬가지요. 똑똑하고 착하고 열정적인 학생들은 극히 드무오. 그런 학생들을 우리만 원하겠소?"

"아닙니다."

"그렇소. 다른 대학도 눈에 불을 켜고 찾고 있소. 우리가 못 데려오면 다른 대학이 빼앗아 가는 거요. 제로섬게임이란 말이오. 아시겠소?"

"네."

"그럼 어떤 자세로 임해야겠소?"

"네?"

"대학 입시를 준비하는 바른 자세가 뭐냔 말이오."

"전쟁을 준비하는 자세입니다."

최성관은 내키지 않았지만 억지로 대답했다. 한덕수가 빙그레 웃으며 테이블을 탁 내리쳤다.

"말이 통하는 아메바구만. 조금만 노력하면 금방 파충류 수준이 될 것 같소."

"감사합니다."

"자, 그럼 특목고 1등이랑 일반고 1등 중에 누굴 뽑아야겠소?"

최성관이 고민하는 모습을 보는 것만으로도 한덕수는 신이 나서 입꼬리가 올라갔다. 부모에게 엉뚱한 질문을 던져놓고 즐거워하는 어린아이 같았다.

"특목고 1등을 뽑는 게 좋을 것 같습니다."

외고 출신인 최성관은 솔직하게 얘기했다.

"에헤이, 둘 다 뽑아야지."

한덕수가 즐거워하며 손가락을 까딱거렸다.

"우리 대학에 특목고든 일반고든 1등은 지원 잘 안 해. 2등도, 3등도 잘 안 하고. 의예과가 아닌 이상 10등 이상은 눈 감고 뽑아도 상관없어. 안 그렇소?"

"네."

"그럼 특목고 80등이랑 일반고 15등이 지원하면?"

"음……."

잘 모르겠다고 하려다가 그냥 대답했다.

"일반고 15등이 나을 것 같습니다."

"에헤이, 그게 아니오. 어떤 특목고인지, 어떤 일반고인지에 따라 다른 거요. 특목고라고 해서 다 같은 특목고도 아니고 일반고도 천차만별이오."

한덕수는 흥분해서 한참 동안 고교 유형의 비밀에 대해 설파했다. 점점 목소리가 커지고 말이 빨라졌다. 얼굴을 들이대고 경주마가 달리듯 쉴 틈 없이 말을 쏟아냈다. 그러다 숨이 넘어갈 지경에 이르면 사이다로 목을 축이며 아주 잠깐 숨을 돌렸다. 육식 공룡이 뿜어내는 입 냄새가 역해 초식 동물 최성관의 정신이 혼미해졌다.

"궁금한 게 있으면 항상 날 찾아오시오. 내가 친히 입시를 가르쳐주겠소. 이래 봬도 우리나라에서 알아주는 입시전문가요. 돈 주고도 못 듣는 명강의를 해주겠소."

한덕수는 문득 고민하더니 웃으면서 말을 이었다.

"이럴 게 아니라 차라리 사교육계에 진출해볼까? 어떻소? 내가 일타강사가 될 것 같소?"

"네, 충분히 가능하실 것 같습니다."

"으하하."

한덕수는 좋아서 어쩔 줄 몰라 했다.

"당신, 앞으로 회사 생활 잘할 거요. 암튼 내 말 명심하시오. 우린 전쟁 중이요."

한덕수는 갑자기 최성관을 향해 손가락 총을 겨눴다.

"교직원스럽게 행동하면 당신도 나도 다 총 맞고 뒤지는 거요."

그리고 입으로 총을 쐈다.

"빵!"

최성관은 짐짓 총 맞은 것처럼 아파했다. 순간 직장 생활이 어떤 것인지 어렴풋이 느낄 수 있었다. 상사가 총 쏘는 시늉을 하면 죽는 연기를 하고, 아메바가 아니라 파충류라고 해주면 감사하다고 고개를 숙이고, 입 냄새를 향긋한 꽃향기처럼 맡고, 아무리 듣기 싫은 소리를 해도 귀를 쫑긋하는 척하는 것이다.

시간이 흘러 최성관은 처장이 얘기했던 '교직원스럽다'는 표현이 오현종 입학팀장에게 딱 적합하다는 걸 알게 되었다. 오현종은 입시에 관심이 있으면서도 없었고 Q대의 발전에 관심이 있으면서도 없었다. '이런들 어떠하리 저런들 어떠하리', '코에 걸면 코걸이, 귀에 걸면 귀걸이'가 삶의 모토인 것 같았다. 본인 이야말로 Q대의 유일한 입시전문가라고 주장했지만 실제론 그 냥 위에서 시키는 대로 했다. 수시를 늘리라고 하면 늘리고, 정시를 줄이라고 하면 줄이고, 홍보를 강화하라고 하면 강화하고, 인건비를 아끼라고 하면 사람을 줄였다. 전형적인 예스맨이었고 윗사람이 하는 말에 절대 "NO"라고 답하지 않았다. 그것이 그가 입학팀장까지 올라갈 수 있었던 원동력이었다. 오현종은 자신의 색깔을 철저히 숨기고 윗사람을 받들었다.

그런 오현종이 단 하나 고집부리는 게 있었다. 바로 사고를 내면 안 된다는 것이다. 입시 사고만큼 그가 두려워하는 건 없었다. 사고를 안 낼 수만 있다면 직원들 머리에 안전모를 하나씩 씌워주고 '안전에는 베테랑이 없다'는 문구가 앞뒤로 크게 적힌 야전잠바를 입혔을 테다. 그리고 하루에도 몇 번씩 안전 구호를 외치며 사무실을 돌아다녔을 것이다.

하지만 크고 작은 입시 사고는 피하고 싶다고 해서 피할 수 있는 게 아니다. 오현종 또한 입학팀 실무자일 때 대형 사고를 낸 적이 있었다. 합격자를 앞에서 1등부터 선발해야 하는데 뒤에서 1등부터 발표한 것이다. 어떻게 그런 일이 발생할 수 있나 싶지만 결국 사람이 하는 일이니 안 될 것도 없었다. 오현종은 이미 합격 통보를 받은 학생 한 명 한 명에게 전화를 걸어 "사실 당신은 불합격입니다. 정말 죄송하지만 합격을 취소해야 합니다"라고 읍소해야 했다. 안타깝게도 그런 전화를 받고 "역시 그랬군요. 어쩐지…… 제 딸이 합격할 리 없거든요. 아주 잠깐이라도 저희를 행복하게 해주셔서 감사드립니다. 당장 취소해주시고 더 우수한 학생을 선발하세요. 정말 고생이 많으십니다"라며 따뜻하게 말해줄 사람은 없었다. 그러니 오현종은 그 사고를 수습하기 위해 얼마 없던 머리털마저 다 헌납해야만 했다. 그렇게 큰 사고를 치고도 훗날 입학팀장이 되었으니 그가 처장과 총장,

이사장 앞에서 얼마나 고개를 열심히 끄덕였을지는 그 누구도 짐작할 수 없을 것이다.

윗사람이 죽으라고 해서 죽는시늉이라도 하는 사람은 아랫사람에게도 똑같은 걸 바라기 마련이다. 오현종은 팀원들이 말대꾸하는 걸 용납하지 못했다. 개인행동 또한 참지 못했고 자신보다 팀원들이 먼저 퇴근하는 건 있을 수 없는 일이라고 생각했다. 조직문화를 바꿔야 한다는 목소리가 학교 곳곳에서 들려와도 그는 방탄복을 입은 듯 끄떡없었다.

더욱 무서운 건 오현종이 새로운 세대를 이해하기 위해 노력했다는 점이다. 그는 한때 유행하던 《90년생이 온다》라는 책을 책상에 올려놓고 심심할 때마다 읽었다. 어떨 땐 혼자 키득거리기도 했다. 장대현 차장과 신준영 과장은 그런 오현종의 노력을 인정하는 편이었는데, 김지민 과장만큼은 고개를 절레절레 저었다.

"젊은 애들을 이해해서 잘해주려는 거라고요? 무슨 말도 안 되는 소리를 하세요? 그게 아니라 잘 파악해서 더 괴롭히려는 거잖아요."

한마디로 '지피지기면 백전백승'이라는 거였다.

최성관은 쉽게 잘리지 않고 정년이 보장되는 안정적인 직장의 단점을 며칠 만에 깨달았다. 내가 오래 다닐 수 있는 만큼 다른 사람도 오래 다닌다. 웬만해선 잘리지 않기에 심각한 악행만

저지르지 않으면 큰 문제 없다.

　예상치 못한 과한 업무량, 이에 따른 야근과 주말 출근은 최성관의 회사 생활을 힘들게 했다. 하지만 그에 못지않게 괴로운 게 있었으니, 다름 아닌 '밥' 문제였다. 사람이 많아서 다 함께 식사하는 날은 적었고, 보통 정규직은 정규직끼리, 무기계약직은 무기계약직끼리, 계약직은 계약직끼리 먹었다.

　입학팀은 크게 전형 운영 파트와 서류 평가 파트로 나뉘었고, 전형 운영 파트에선 각종 면접시험, 논술시험, 실기시험의 진행과 합격자 발표 등을, 서류 평가 파트에선 각종 서류 평가 및 홍보 등을 담당했다. 하지만 일은 때에 따라 구렁이 담 넘어가듯 서로를 오갔다.

　최성관은 입학사정관이자 정규직 막내로 정규직 선배들과 항상 같이 밥을 먹었다. 팀장과 처장도 함께였다. 점심은 물론이고 매일 야근을 하니까 저녁도 거의 함께 먹었다. 입사 초기엔 자취할 때 먹지 못하는 음식을 자주 먹어서 좋았는데, 얼마 지나지 않아 진실을 깨달았다.

　중요한 건 음식이 아니라 역시 사람이야. 집에서 혼자 라면을 끓여 먹는 게 최고야.

　메뉴 선정부터 까다롭기 짝이 없었다. 처장과 팀장의 입맛이 상극이라 어느 장단에 놀아나야 할지 헷갈렸다. 한덕수는 미국에서 박사를 취득한 사람답게 햄버거, 피자, 스테이크 따위를 좋아했다. 반면 오현종은 오로지 '탕'과 '국'이었다. 알탕, 대구탕, 해물탕, 삼계탕, 추어탕, 해장국, 선지해장국, 뼈해장국, 순대국 등 국물이 없으면 밥을 못 먹었다. 특히 알탕은 일주일에 최소 두세 번 이상 꼭 먹었다.

11시 30분, 점심 메뉴를 슬슬 고민하고 정해야 할 시간이었다. 그래도 새해 첫날이니 떡국을 먹어야겠다고 생각하며 식당을 알아보았다. 그때 여자 친구에게서 전화가 왔다. 사무실 전화도 울리기 시작했다. 최성관은 순간 어느 전화부터 받아야 할지 몰라 망설였다. 그러다 떨리는 마음으로 여자 친구의 전화부터 받았다.

"야!"

여자 친구는 다짜고짜 소리를 질렀다.

"어, 어."

"뭐가 '어, 어'야? 너 정말 나랑 헤어질 거야? 왜 답장이 없어!"

"어? 어……."

"뭐? 진짜 헤어질 거라고?"

"어? 아니……."

"너 진짜 죽고 싶냐?"

여자 친구의 목소리가 전화기를 뚫고 나올 것만 같았다.

"어? 아니……."

"계속 '어, 아니'만 할 거야? 당장 나와."

"어?"

"당장 나오라고."

"자기야, 오늘 원서 접수 날이라고 했잖아."

"네가 원서 접수해? 그건 학생이랑 학부모가 하는 거잖아. 네가 잠깐 거기 없다고 학교가 망하냐고."

"그렇지만……."

"으이구, 이 답답아. 당장 나와. 마지막 기회야."

그러곤 여자 친구가 전화를 끊었다. 최성관은 어떻게 해야 할지 몰라 막막했다.

여자 친구 말대로 당장 사무실을 박차고 나가야 하는 걸까? 점심 말고 저녁을 먹는 건 어떠냐고 얘기를 꺼내볼까?

뇌가 멈춰버린 것 같았다. 90년대생이라고 다 같은 것도 아니고 그는 온순하고 순종적인 사람이었다. 회사에도 여자 친구에게도. 남은 건 누구에게 더 순종하고 복종할 것인지 택하는 일뿐이었다. 때마침 박우진 주임이 다가왔다. 새해 첫날부터 출근한 게 짜증 나지도 않는지 표정이 아주 밝았다.

"최 선생, 점심은 정했어? 팀장님이 오늘 새해 첫날이니깐 알탕으로 하자고 하시네. 그러고 보니 나도 알탕이 좀 땡긴다."

새해 첫날에 알탕? 우리나라에 언제부터 그런 풍습이 있었지?

"주임님, 죄송한데 저 오늘 먼저 들어가봐야 할 거 같아요. 주임님이 점심 좀 챙겨주세요."

최성관은 평소와 달리 단호하게 얘기했다.

"어?"

박우진이 당황스러워해도, 최성관은 아랑곳하지 않고 컴퓨터를 끄고 벌떡 일어나 가방을 챙겼다.

"최 쌤, 어디 가?"

박우진이 외치는 소리에 사무실 사람들 모두가 고개를 삐쭉내밀고 최성관을 주목했다. 최성관은 따가운 시선을 한 몸에 받으며 사무실을 휘리릭 빠져나갔다. 순간 최성관의 마음 한구석에서 불꽃이 팍팍 튀며 이런 게 회사 생활을 하는 바른 자세라는 생각이 들었다.

다름 아닌 전쟁을 치르는 군인의 자세였다.

대학 서열을 파괴하는 방법

　인생을 자신이 응원하는 축구팀의 여정과 동일시하는 팬들이 있다. 경기가 있는 날에는 무슨 일이 있어도 경기장을 찾아 직관을 고집하는 사람들이다. 팀이 이기면 세상을 다 가진 것처럼 기뻐하지만 지는 날에는 모든 것을 잃은 것처럼 우울해한다. 때론 사랑이 지나쳐 경기장에 난입해 난동을 부리고 상대 팀 팬들과 주먹다짐까지 마다하지 않는 '훌리건'도 있다.

　놀랍게도 대학에도 그런 학생이 간혹 있다. 자신이 다니는 대학이 다른 대학보다 떨어진다는 사실에 격분하고, 모교를 다른 대학보다 높은 곳에 올려놓기 위해 열과 성의를 다하는, 애교심이 흘러넘친다는 표현이 전혀 아깝지 않은 학생들이다. 차마 요즘 같은 시대에 다른 대학 학생들과 서로 치고받으며 싸울 순 없으니 주로 온라인에서 모교의 발전을 위해 부지런히 키보드를 두들긴다.

Q대 훌리건.

박우진 주임은 자신이 훌리건이었다는 사실을 떠벌리고 다니진 않았으나 나름 자부심을 느꼈다. 학창 시절에 그는 누가 시키지도 않았는데 틈나는 대로 온라인에서 학교의 성과를 부지런히 떠들고 다녔다. 아주 사소한 일도 침소봉대해 자랑했고, 그에 못지않게 W대를 깎아내리는 활동도 쉬지 않았다. 학생회도 아니었지만 건의를 하는 등 뒤에 숨어서 학교의 발전을 위해 묵묵히 노력했다. 그때마다 귀찮아하는 교직원들을 보며 박우진은 다짐했다.

내가 가서 다 바꿔놓을 거야. 대기업 다니는 직장인 못지않게 열심히 하는 교직원이 있다는 걸 보여줄 거야.

그런 그가 모교의 교직원이 되는 건 당연한 순리였다. 그것도 학교 최전선인 입학팀에 근무하게 되면서 매우 기세등등했다. '입시는 전쟁이다'라는 한덕수 처장의 의견에 전적으로 동의하는 바, 그는 언제든지 총을 들고 전선에 뛰어들 준비가 되어 있었다.

그랬기에 오현종 팀장이 점심도 거르고 보고서를 빨리 작성하라고 했을 때도 박우진은 기분이 전혀 나쁘지 않았다. 오히려 전의가 불타올랐다. 보고서 주제는 '정시모집 원서 접수 경쟁률

저하에 따른 대응 방안'이었다. 박우진은 자신에게 과제가 떨어진 게 만족스러웠다. 그 누구보다 보고서를 잘 쓸 자신이 있었다. 더군다나 팀장과 처장을 거쳐 총장에게 올라갈 보고서였다. 박우진은 자료를 살피고 또 살폈다. 논리가 딱 들어맞는지, 어색한 표현이나 오타는 없는지, 세 페이지짜리 보고서에 밑줄을 그어가며 처음부터 끝까지 반복해 읽었다.

전년도에 비해 경쟁률이 눈에 띄게 하락해 한덕수가 게거품을 물고 사무실을 배회했다. 각종 지자체가 개최하는 정시 박람회에 빠짐없이 참가한 것은 물론이고 주요 고등학교를 중심으로 홍보를 치열하게 진행했기에 그가 받은 충격은 상당했다. 게다가 한덕수는 배인학 총장에게 그 어느 때보다 경쟁률이 높을 거라고 호언장담한 상태였다. 배치표 결과가 좋지 않아 이 얘기 저 얘기 둘러대다가 무심코 내뱉은 말이었다.

입학팀 사무실 벽면에는 각종 입시기관에서 내놓은 배치표가 쫙 붙어 있었다. 항상 그랬듯 Q대가 W대 아래였다. 두 대학 모두 정시모집 '가'군에서 학생을 선발했고, W대 최하위권 학과와 Q대 최상위권 학과의 예상 점수대가 비슷한 수준이었다. 그러니 같은 학과끼리 비교하면 Q대의 참패였다.

정시모집 원서 접수 기간에 직원들은 수시로 배치표를 확인했다. 가까운 가족부터 사돈의 사촌, 친구의 친구의 자녀에 이르기까지 여기저기서 상담해달라는 전화가 빗발쳤다. 다른 직원들은 W대 아래에 있는 Q대를 당연하게 받아들였지만 한덕수와 박우진은 달랐다. 둘은 하루에도 몇 번씩 배치표를 보면서 이를 갈았다. 모조리 씹어 먹고 싶었다.

정시 원서 접수 결과 소식을 들은 배인학 총장이 격분해 무선 마우스를 집어 던졌다는 소문이 오전이 지나가기도 전에 쫙 퍼졌다. 경쟁률이 조금 떨어진 게 과연 총장이 화를 낼 일인지는 의문이었지만 Q대에서 일하는 사람이라면 '배인학은 그러고도 남을 사람'이라는 걸 모두 알고 있었다. 배인학도 입학처장을 역임했기에 누구보다 입학처 사정을 잘 알았으며, 학교를 돌아가게 하는 톱니바퀴의 톱니 하나하나까지 살핀다고 해서 '톱니 총장'으로 불렸다. 귀엽게 '토니 총장'이라고 부르는 사람도 있었는데, 그래서인지 배인학의 영문 이름이 '닥터 토니 배'라는 근거 없는 소문도 돌았다. 이에 '토니 안'이 아니라서 얼마나 다행이냐며 가슴을 쓸어내리는 이도 있었다.

한덕수는 배인학의 화가 심연 깊은 곳으로 가라앉을 때까지 숨고 싶었다. 그러나 배인학은 그냥 지나갈 사람이 아니었다. 아니나 다를까, 총장 비서실에서 2시에 보고하라는 지침이 떨어졌다. 오현종은 박우진을 재촉했다.

"중요한 건 이미 일어난 일에 대한 변명이 아니야. 현황은 최대한 간략하게 쓰고 앞으로 우리가 해야 할 일들에 대한 청사진을 그리라고. 어떻게 하면 우리가 W대를 이길 수 있을지 말이야. 홍보 전략이 중요하단 이 말이야."

그러더니 잠시 고민한 후 말을 이었다.

"대학 서열 파괴, 보고서에 이 표현을 쓰도록 해. 그래, 꼭 써야지."

오현종은 본인이 생각해놓고 흡족해했다.

사실 '대학 서열 파괴'는 한덕수 입학처장이 즐겨 쓰는 표현인데, 그 이유는 배인학 총장이 자주 썼기 때문이다. 한덕수는 배인학이 우리가 대학 서열 파괴의 주축이 되어야 한다고 했을 때 적잖이 감동했다. 그래서인지 한덕수도 Q대가 W대를 꺾어서 시멘트처럼 견고하게 굳어버린 대학 서열을 파괴해야 한다고, 그래야만 대한민국이 제대로 설 수 있다고 입이 마르도록 강조했다.

어차피 아랫돌 빼서 윗돌 괴는 것 아니냐며 비판하는 사람도 있고, 엎치락뒤치락하며 선의의 경쟁을 펼치는 게 건전하다는 이도 있었다. 박우진은 후자에 동의했고 자신이 거기에 일조한다고 생각했다. 한덕수와 오현종도 젊은 친구답지 않게 적극적인 자세로 덤벼드는 박우진을 대견해했다. 특히 한덕수는 정말 말이 통하는 아메바라며 대놓고 칭찬 아닌 칭찬을 했다.

"자네도 같이 가지."

오현종이 박우진을 불렀다.

"총장님께 보고 드리러 같이 올라가자고. 처장님께서 특별히

박 주임을 챙기셨어."

"네, 알겠습니다."

박우진이 돌아서려는 찰나 오현종이 사뭇 진지하게 말했다.

"주임이 총장님을 뵙는 건 정말 드문 일이야. 자네한테 정말 좋은 기회라는 걸 명심해. 넥타이 매고 배지 달고. 배지는 항상 하고 다니라고. 배지를 달면 일을 더 잘하게 된다는 거 몰라?"

오현종이 씩 웃었다.

"아…… 잘 알고 있습니다."

총장을 만난다는 생각에 박우진은 조금 들떴다. 기쁜 표정을 숨기지 못하는 박우진을 보던 김지민 과장이 크게 될 사람이라 며 살짝 비아냥거렸다. 김지민은 평소에도 박우진이 젊은 꼰대 가 될 가능성이 높아 보인다며 농담 아닌 농담을 했지만, 박우진 은 개의치 않아 했다. 열심히 일한 대가로 그런 얘기를 듣는다면 얼마든지 들어줄 용의가 있었다.

박우진은 거울을 보며 넥타이를 맸다. 평소보다 훨씬 깔끔하 게 매어졌다. 각이 제대로 잡힌 넥타이 매듭을 보며 박우진의 입 꼬리가 올라갔다.

2시 정각. 비서의 안내를 받으며 한덕수, 오현종, 박우진이 차 례대로 총장실로 들어갔다. 순간 세 명 모두 당황해 몇 초간 가 만히 서 있었다. 문경자 이사장이 있었기 때문이다. 총장 자리에 이사장이 앉아 있고 그 앞에 총장이 바짝 붙어 앉아 머리를 조아리고 있었다. 예상치 못한 광경에 한덕수는 뒷걸음질 쳤다. 덩달아 오현종과 박우진도 한 걸음 물러났다. 그런 세 사람을 본 이사장이 어서 들어오라며 환하게 웃었다. 총장도 옆에서 어색한 웃음을 지으며 눈짓으로 다그쳤다.

박우진이 문경자 이사장을 실제로 본 건 처음이었다. 총장이야 여기저기 오가면서 먼발치에서라도 가끔 봤지만 문경자는 학교에 나타나는 일이 거의 없었다. 아흔이 가까운 할머니라 거동조차 쉽지 않다는 풍문이 돌기도 했다. 결혼을 안 해서 남편도 자식도 없고, 그래서 이사장이 죽은 후 재단이 어디로 넘어갈 거라는 등 온갖 추측이 난무했다. 박우진 또한 이사장이 오늘내일하는 사람인 줄 알았다. 그런데 눈앞에 보이는 문경자는 대단히 정정했다. 총장실에 걸려 있는 사진 속 20년 전의 이사장보다 활기가 더 넘쳐 보였다. 화려한 장신구 하나 걸치지 않았는데도 품위가 있었다.

"오랜만에 한번 와봤어요. 새해가 밝았는데도 못 와봐서."

"이사장님, 새해 복 많이 받으십시오."

한덕수와 오현종이 동시에 새해 인사를 했다.

"여러분도 새해 복 많이 받으세요. 새해엔 좋은 소식을 들어야 하는데, 경쟁률이 좀 떨어졌다고."

문경자가 장난치듯 말했다.

"이사장님, 죄송합니다."

배인학이 고개를 푹 숙였다.

"그럴 수도 있죠. 경쟁률이야 올랐다가 떨어졌다 하는 건데요 뭘."

"다음에는 꼭 최고 경쟁률을 기록할 수 있도록 노력하겠습니다."

한덕수가 군기 바짝 든 목소리로 말했다.

"학생 수가 줄어서 그런 건가."

문경자가 커피 잔을 들며 좌중을 살폈다.

"그런 부분도 없잖아 있습니다. 60만, 70만 하던 시대는 옛말입니다. 이제는 학생 수가 대학 정원보다 적습니다. 얼마 지나지 않아 급격히 줄어들 겁니다."

배인학이 침울한 얼굴로 말했다.

"벚꽃 피는 순서대로 망한다잖아요. 벚꽃 엔딩이라고. 말도 참 잘 만들어, 다들."

"정원을 못 채우는 지방 대학들이 한두 군데가 아닙니다."

"대학들이 다 위기네요, 위기. 하긴 위기가 아닐 때가 없었지."

문경자는 창밖을 바라보았다. 진눈깨비가 흩날리고 있었다.

"아직 벚꽃이 피려면 멀긴 했지만, 우린 문제없는 거죠?"

"저희야 망할 리는 없습니다."

"그렇다고 좋아질 일도 딱히 없는 거고."

문경자가 웃으며 얘기했지만 그 말에 아무도 웃지 못했다.

"총장님, 지난번에 얘기했던 건 어떻게 됐어요?"

얘기했던 게 한두 개가 아니라서 배인학은 문경자가 뭘 말하는 건지 몰라 갸우뚱했다.

"융합학과 만든다고 하신 거 있잖아요."

"아, 안 그래도 지금 추진하고 있습니다만, 교수들의 반발이 만만치 않습니다. 자기 밥그릇만 챙기려고 하지 새로운 시대를 향해 나아갈 준비는 등한시하고 있습니다."

"교수님들, 참 어려운 사람들이에요. 테뉴어를 받기 전에는 간, 쓸개 다 내놓을 것처럼 하더니만, 테뉴어를 받는 순간 어쩜 그렇게 사람이 바뀌는지 모르겠어요."

"맞습니다. 사람이 참 간사한 동물인지라 배고플 땐 뭐라도 할 것처럼 달려들지만 등 뜨시고 배부르면 입에 갖다 넣어 줘도 뱉고 맙니다."

"누가 보면 자기네들이 총장이고 이사장인 줄 알겠어."

문경자가 기가 찬다는 듯 혀를 찼다.

"연구 성과가 좋던 양반들도 테뉴어 받아 정년이 보장됐다 하면 바보가 된단 말이에요. 테뉴어 그거 취소할 순 없어요?"

온화하던 문경자의 얼굴이 순간 어그러졌다. 한덕수는 자신에게 하는 말인 것 같아 당황했다. 제대로 된 논문을 발표한 게 언제였는지 전혀 기억나지 않았다. 움찔하는 한덕수를 발견한 문경자가 다시 해맑게 웃었다.

"아이고, 한 처장님께 드리는 말씀은 아니에요. 입학처장님이야 누구보다 우리 대학을 위해 열심히 애써주시는 분이고. 다른 교수님들이 다 한 처장님만 같으면 우리가 진즉에 하버드가 되고도 남았겠죠."

"감사합니다. 앞으로 더 열심히 하겠습니다."

한덕수는 앉은 자세로 고개를 푹 숙였다. 90도 인사를 하려다가 뱃살 때문에 45도 인사가 되었다.

"4차 산업혁명 시대에 걸맞은 융합학과를 한번 만들어보세요. 우리는 이미 늦은 거예요. W대는 벌써 몇 개나 만들었던데. 알고 계시죠?"

"네, 이름만 들어선 도대체 뭘 배우는지 모를 학과를 만들어대고 있습니다."

문경자의 말처럼 W대를 비롯한 경쟁 대학들은 지난 몇 년 동안 융합학과를 만드는 데 열성적으로 달려들었다. 미래를 내다보고 트렌드를 선도하는 학과가 있는 반면, 배인학의 얘기처럼 이것저것 좋은 단어들을 조합해 만들다 보니 정체불명의 학과도 있었다.

"그런데 그게 히트를 치고 있잖아요. 걔네들이 성공한 거라고요. 이런 게 혁신이에요, 혁신."

문경자가 테이블을 두들겼다.

"혁신이 거창한 게 아니라고요. 이러다간 우리가 W대를 잡는 게 아니고 T대나 R대에 따라잡히겠어요."

"최선을 다하겠습니다."

말은 시원하게 했지만 배인학은 답답했다. 할 수만 있다면 융합학과 따위 진즉에 수십 개도 넘게 만들었을 테다. 하지만 각 대학의 학생 정원은 정해져 있고 엄격하게 관리되고 있다. 이런 환경에서 새로운 학과를 신설하려면 기존 학과들의 구조조정이 필수적이다. 50명이 정원인 C라는 새로운 학과를 만들려면 A학과에서 30명, B학과에서 20명을 빼내야만 한다. 말 그대로 밥그릇을 빼앗기는 것이니 손 흔들며 따뜻하게 배웅해줄 교수는 없었다.

교수들은 죽창이라도 들 기세로 반대했다. 그렇다고 교수 체면에 대놓고 "내 눈에 흙이 들어가기 전에는 절대 빼앗길 수 없다"라고 말하지는 못했다. "우리 또한 시대의 흐름에 맞춰 융합학과를 신설하자는 좋은 취지를 모르는 바 아니다. 훌륭한 학과를 만들어서 이 나라의 대들보를 양성하자는데 반대할 사람이 누가 있겠는가. 다만 융합이라는 건 기초학문에 대한 이해를 바탕으로 이뤄지는 것이다. 1과 2를 모르는 학생에게 3을 가르치는 게 무슨 의미가 있겠는가. 서로 협의해서 이런 우려들을 하나씩 살펴본 후에 진행하는 게 맞다. 시기상조다"라며 돌려 얘기했다.

문경자와 배인학은 융합학과 신설에 대해 한참 얘기했다. 말문이 터진 두 사람은 본인들 또한 교수 출신이면서 교수들 욕을 엄청 했다. 직원들도 까려다가 오현종과 박우진이 자리에 있어서 자제했다. 나머지 세 사람은 목석처럼 가만히 있었다. 실컷 얘기하던 문경자가 갈 곳 잃은 영혼들을 발견하고 손사래를 쳤다.

"아이고, 우리가 입학처장님 모셔놓고 융합학과 얘기만 계속했네요. 이런 건 기획처장이나 교무처장한테 얘기해야 하는데."

한덕수는 '다음에 기획처장을 시켜주면 잘해보겠다'는 말이 목구멍까지 올라왔지만 가까스로 밀어 넣었다. 대신 점잖게 말했다.

"학과 신설만 하면 발바닥이 닳도록 전국을 돌아다니며 홍보하겠습니다."

"그나저나 입시는 괜찮은 거죠? 경쟁률이야 경쟁률일 뿐인 거고."

"한 처장님이 전략적으로 홍보를 진행하긴 했는데 아직 역부족인 것 같습니다. 좀 더 힘써보겠습니다."

배인학이 말했다.

"나 죽기 전에 W대를 넘어설 수 있는 거예요?"

"이사장님, 왜 갑자기 그런 말씀을."

"총장님이랑 저는 이렇게 저물어가는 거죠. 이제 한 처장님이랑 오 팀장님이랑……."

문경자가 박우진을 물끄러미 바라보았다.

"박우진 주임입니다. 입시 홍보를 담당하고 있습니다."

오현종이 대신 대답했다.

"박우진 주임, 만나서 반가워요. 젊은 친구 보니깐 힘이 나네요."

"안녕하세요, 박우진 주임입니다."

박우진이 벌떡 일어나 인사했다.

"앉아요, 앉아."

박우진이 자리에 앉자 문경자가 한덕수를 바라보며 말했다.

"보고하러 오셨을 텐데, 편하게 보고하세요. 저는 신경 쓰지 마시고요. 저도 아이디어가 있으면 좀 드릴 테니."

급기야 한덕수는 문경자에게까지 보고를 진행하게 되었다. 덩치에 어울리지 않게 한덕수의 목소리가 경운기처럼 덜덜거렸다. 평소엔 말이 청산유수인 한덕수가 버벅거리자 박우진은 안쓰러운 마음이 들었다. 배인학과 오현종도 마찬가지였다. 둘 다 죄인처럼 머리를 푹 숙이고 있었다. 무소불위의 권력자인 줄 알았던 배인학과 팀원들 앞에서 고개를 숙이는 법이 없는 오현종도 이사장 앞에선 정말 아무것도 아니었다. 이 지독한 계급사회…… 박우진은 자신이 어디까지 올라갈 수 있을지 상상하며 숨죽이고 상황을 지켜봤다.

"한 처장님, 배치표는 어떻게 좀 안 될까요?"

배인학이 물었다.

"그게 쉽지 않습니다. 입시기관들이 몇 년간의 자료를 바탕으로 나름 체계적으로 만드는 거라서."

"그게 어떻게 체계적인 겁니까."

배인학의 목소리가 더 걸걸해졌다.

"학생들 지원 결과 데이터를 긁어모아서 만들었을 텐데. 배치표라는 게 어떤 대학이 우수한지를 보여주는 지표라면 대학의 실질적인 가치를 보고 판단해야죠. 안 그렇습니까?"

"맞는 말씀입니다."

"막말로 우리가 W대보다 떨어지는 게 뭡니까? 대학 순위가 밀립니까? 연구력이 부족합니까? 취업률도 우리가 높고 장학금도 우리가 더 많이 주지 않습니까?"

사실 대학 순위는 평가하는 기관마다 차이가 있어서 'A기관 대학평가'에선 Q대가 W대를, 'B기관 대학평가'에선 W대가 Q대를 앞서고 있었다. 연구력은 특출한 몇몇 사람의 실적에 따라 판별이 났기에 매년 결과가 달랐고, 취업률은 Q대가 근소한 포인트로 앞서긴 했으나 눈에 띌 정도는 아니었다. 장학금도 도긴개긴이었다.

"이무기들을 뽑아야 해."

가만히 듣고 있던 문경자가 혼잣말 아닌 혼잣말을 했다. 시선이 주목되자 말을 이었다.

"잘만 닦으면 보석이 될 원석들을 찾아야 한다고요. 세상은 그런 친구들이 이끌어 가는 거예요. 2퍼센트가 98퍼센트를 먹여 살린다고들 하잖아요. 이제는 개천에서 용이 안 나온다고 하지만 눈 씻고 잘 찾아보면 분명히 있을 거예요. 그런 친구들을 잘 키워놓으면 노벨상도 타고 할 거라고."

"노벨상 수상자 딱 한 명만 나오면 게임 끝입니다."

배인학이 고개를 끄덕이며 말했다.

"맨날 말로만 그러지 마시고 현실이 될 수 있게 해보세요. 아참, 우리는 유튜브 같은 거 안 하나요?"

문경자가 갑자기 화제를 전환했다.

배인학, 한덕수, 오현종 모두 유튜브에는 전혀 관심이 없었다. 거기까진 미처 생각하지 못했는데 문경자가 먼저 얘기를 꺼내는 바람에 당황했다. 총장은 처장을, 처장은 팀장을 바라보며 말없이 압박했다.

"죄송합니다. 유튜브는 아직⋯⋯."

오현종이 머리를 푹 숙이는데 박우진이 끼어들었다.

"입학처에서 운영하고 있습니다."

우리가 유튜브를 하고 있다고? 오현종은 생전 처음 듣는다는 표정으로 박우진을 쳐다보았다. 박우진은 예전에 유튜브 운영에 대해 보고한 적이 있었다. 그때 오현종은 그런 걸 왜 운영하느냐고, 잡생각할 시간에 어떻게 하면 입시를 안전하게 진행할 수 있을지 고민하라며 핀잔을 주었다. 그 모습이 떠오르자 박우진은 순간 분노가 치밀었으나 미운 놈 떡 하나 더 준다는 심정으로 말을 이었다.

"오현종 팀장님 지시로 최근에 유튜브 계정을 만들어 영상을 올리고 있습니다. 입시 안내 영상, 학과 홍보 영상들을 제작해서 업데이트하고 있습니다만, 아직 콘텐츠가 많이 부족합니다. 더 노력하겠습니다."

"아, 그래요?"

문경자는 흡족해했다.

"앞으로 잘 운영해보세요. 요즘 친구들은 유튜브에서 모든 정보를 구한다 하더라고."

"그렇습니다. 제 손자, 손녀들도 만날 때마다 유튜브만 봐서 뭐라고 했는데."

배인학이 혀를 찼다.

"제가 책임지고 관리하겠습니다."

한덕수가 결의에 찬 표정으로 말했다.

"처장님, 그런 건 젊은 친구들한테 맡기도록 하세요. 우리 같은 사람들이 참견해봐야 좋을 것 하나 없습니다."

"네, 알겠습니다."

한덕수는 바로 수긍했다.

"박우진 주임, 잘하고 있어요. 앞으로도 잘 부탁해요."

한덕수와 오현종은 W대를 넘어설 전략을 하나둘 차례차례

설명했다. 하지만 설명을 하면 할수록 배인학과 문경자의 표정은 어두워졌다. 사실 Q대가 W대를 넘어서 대학 서열을 파괴하는 방법은 단 하나뿐이다.

장기적인 관점에서 교육과 연구에 과감하게 투자하는 것.

하지만 배인학은 임기가 얼마 남지 않아 마음이 급했고, 한덕수는 그런 건 입학처 소관이 아니기에 관심이 없었으며, 오현종은 자신이 1년 후 정년퇴직하기 전까지, 아니 죽기 전까지 Q대가 W대를 밟고 올라서는 일은 불가능하다는 걸 누구보다 더 잘 알았기에 영혼 없이 전략을 늘어놓았다. 오현종은 이런 보고를 할 때마다 당장 비행기 표를 살 돈도 없는 가족이 세계 여행 계획을 세우는 것 같다고 느꼈다. 이번엔 어느 호텔에서 자고 어떤 관광지를 돌아보고 맛집도 많이 가고 쇼핑도 하자고 거창하게 계획을 세웠는데, 정작 비행기 탈 돈이 없는 꼴이었다. 하지만 그 얘기를 대놓고 할 수 없으니 잠자코 있었다.

문경자 이사장도 답답하긴 마찬가지였다. 문경자가 가장 싫어하는 게 총장을 비롯한 처장단과 학장단이 "투자할 돈과 일할 사람을 더 달라"고 징징거리는 것이었다. 뭘 해오라고 시키면 돈이 없고 사람이 없어서 못 한다고 투덜거리기 일쑤였다. 그 말을 누가 못 하겠는가. 돈이 없으니까 전략을 짜라는 건데 돈을 더 달라고 하면 어쩌란 말인가. 이것들이 감히 내 앞에서 말장난이라도 하자는 건가. 마음 같아선 예산도 더 배정해주고 인력도 쫙쫙 충원해주고 싶었지만 대학 등록금이 10년 넘게 동결된 상황이니 어쩔 수 없었다.

어떻게 된 게 대학 등록금이 영어유치원 등록금보다 저렴한 지경에 이르렀는지…… 물론 영어를 가르치고 온종일 아이들을 보살피는 게 보통 일은 아니겠지만…… 대학에서 배울 게 없고 수업에서 20년 동안 똑같은 자장가만 부르는 교수들도 많다지만…… 심지어 수업 교재의 오타조차 그대로 둔 교수도 있다지만…… 그래도 이건 너무한 거 아냐? 아무리 대학이 호구라 해도 어떻게 담배, 대파, 두부, 짜장면, 삼겹살 가격이 다 오르고 집 값도 미친 듯이 오를 동안 대학 등록금은 한 푼도 오르지 않았느냐고.

등록금을 올리려고 '등' 자만 꺼내도 여기저기에서 난도질을 하는 바람에 말도 못 꺼낸 지 오래였다. 대신 정부 지원사업을 따려고 총력을 기울였으나 하늘의 별 따기에 가까웠고, 별을 따도 쓸 수 있는 용도가 한정적이었다.

배인학과 한덕수는 말만 번지르르한 얘기들을 아무 의미 없이 주고받았다. 듣다 지친 문경자가 대뜸 박우진에게 물었다.

"박우진 주임은 좋은 아이디어 없어요? 뭔가 프레시하고 유니크한 아이디어 말이에요."

갑자기 화살이 자신에게 날아오자 박우진은 당황해 머뭇거렸다. 오현종이 뭐든 빨리 말하라고 눈빛으로 독촉했다.

"제 생각엔, 우리 대학이 W대를 넘어서려면⋯⋯."

박우진은 빠르게 머리를 굴렸다. 총장, 처장, 팀장처럼 하나 마나 한 얘기를 하고 싶지 않았다. 이사장이 생각지도 못하는 걸, 실질적으로 도움이 될 만한 걸 제시하고 싶었다. 유튜브 얘기로 좋은 인상을 심어준 그는 더 잘 보이고 싶은 욕심이 생겼다. 이사장 눈에만 잘 보이면 조기 진급도 충분히 가능한 일이었다.

"우리 대학 훌리건들을 잘 양성해서 입시 판도를 바꿔야 할 것 같습니다."

훌리건?

이사장, 총장, 처장, 팀장 모두 놀란 얼굴로 박우진을 바라보았다. 내가 실수라도 한 건가? 아차, 싶었지만 이미 뱉은 말이었다. 박우진은 내친김에 좀 더 자세히 설명했다.

"쉽게 말씀드리면 우리 대학 댓글 부대를 비밀리에 양성해 각종 입시 사이트와 커뮤니티를 공략하는 겁니다. 커뮤니티엔 수험생들이 어디를 가야 할지 모르겠다고 올려놓은 고민들이 많습니다. 'Q대 경영학과와 W대 국어국문학과를 동시에 붙었는데 어디로 가야 할까요?' 뭐 이런 류의 질문들입니다. 이런 글에 댓글을 달아주면서 우리 대학의 이미지를 좋게 형성하고 학생들이 Q대학을 택하도록 유도하는 작업이 필요하다고 생각합니다."

사무실로 돌아오자마자 박우진은 오현종에게 끌려가 그릇 깨지듯 깨졌다.

"박 주임, 자네 제정신인가? 어디 이사장님 앞에서 그런 얘길 꺼내. 그따위 짓을 하다가 걸리면 누가 책임을 지겠어? 자네가 책임질 거야?"

홀리건 얘기를 한 게 이렇게까지 혼나야 하는 일인가. 박우진은 이해가 안 됐다. 유튜브 건으로 도와준 건 기억을 못 하고 성질을 부리니 짜증이 났다. 이사장과 총장의 반응이 썩 나쁜 것만도 아니었다. 한덕수는 긍정적으로 고민하고 있을지도 모를 일이었다.

"팀장님, 다른 대학들도 알게 모르게 다 하고 있습니다. T대도 지난번에 걸려서 언론을 탔었는데 저희만 안 할 순 없지 않습니까."

"그래, 문제가 있으니까 기자들이 턴 거 아냐. T대 팀장, 그대로 모가지 날아간 건 알고나 하는 소리야? 왜? 자네도 한번 언론에 크게 나오고 싶어?"

박우진은 대답하지 않았다.

"처장이 맨날 공격, 공격, 하니까 온몸이 근질근질하나 본데, 함부로 공격하다간 오히려 역공을 당하기 십상이라고. 멋도 모르고 뛰쳐나가 봤자 총알받이밖에 더 돼? 수비가 최선의 공격이란 말도 몰라? 기회가 올 때까지 진득하게 기다려야 한다고. 알겠어?"

"도대체 그 기회는 언제 오는 건가요?"라고 묻고 싶었지만 박우진은 입을 닫고 가만히 있었다.

"박우진 주임, 과유불급이라고 했어. 처장이 잘 봐준다고 해서 너무 설치면 곤란해. 항상 조심하란 말이야. 자, 따라 해. 첫째도 안전."

"네?"

"따라 하라고. 첫째도 안전."

"첫째도 안전."

"더 크게!"

"첫째도 안전!"

박우진은 어쩔 수 없이 오현종의 구호를 따라 했다. 직원들이 키득거리는 소리가 들렸다. 장대현 차장과 신준영 과장은 자리에서 일어나 대놓고 구경했다. 둘째도 안전, 셋째도 안전, 넷째도 안전…… 이러다 백 번째까지 갈 기세였다. 박우진은 내키지 않았지만 고개를 폭 숙이고 정중하게 사과했다.

"팀장님, 죄송합니다. 앞으론 조심하겠습니다."

"우리가 다른 대학을 넘어서는 것도 중요하지만, 그 못지않게 다른 대학에 따라잡히지 않는 것도 중요해. 대학 서열을 파괴하려다가 우리가 파괴당할 순 없잖아. 명심하도록 해."

오현종은 흐뭇한 표정으로 일어나 자리를 떴다.

못 말리는 사람들

신준영 과장은 출근하자마자 네스프레소 캡슐커피를 한 잔 내렸다. 전날 마신 술 때문에 머리가 지끈거렸다. 다른 직원들도 아침부터 탕비실을 어슬렁거리며 해장이 될 만한 걸 찾고 있었다. 김지민 과장은 핫도그를 전자레인지에 돌리고 있었고 이원석 대리는 이미 컵라면을 비운 후였다. 장대현 차장은 그 많던 숙취 해소 음료를 누가 다 마셨냐며 계속 구시렁거렸다.

신준영은 커피로 빈속을 달래며 오늘 할 일을 정리했다. 원서 접수, 합격자 발표 등을 담당하면서 입시 일정을 챙기는 게 주요 업무였다. 하나를 놓치면 도미노처럼 무너지기 십상인 빡빡한 스케줄. 탁상 달력엔 일정이 빈 날이 없었고 메모장엔 여백이 보이지 않았다. 주말도 예외는 아니었는데, 어쩐지 오늘은 싱크홀처럼 텅 비었다. 신준영은 싱크홀에 뭐라도 빠졌나 싶어 빤히 쳐다보았지만 당장 해야 할 일을 찾지 못했다. 다른 사람들도 생선 눈알처럼 멍한 눈빛으로 모니터 앞에 앉아 시간을 흘려보내고 있었다.

전날 오후엔 정시모집 최초 합격자를 발표했다. 혹시 실수한 건 없는지 꼼꼼하게 살피고 또 살폈다. 입학팀에 4년 동안 있으면서 수시, 정시, 편입, 재외국민, 외국인 등 합격자 발표를 수차례 해왔지만 늘 떨리고 긴장됐다. 발표 날 밤에는 혹여 문제가 있을까 봐 잠 못 들기도 했고 악몽을 꾸기도 했다. 침대에 누워 있으면 엑셀 파일이 아른거렸다.

"여보, 제발 그만 걱정하고 잠이나 자. 내일 출근해서 생각해도 되잖아. 그러다 신경쇠약 걸리겠어, 진짜. 지금 내 귀에 어떤 소리가 들리는 줄 알아? 당신 수명 줄어드는 소리가 들린다고."

아내는 집에 오면 회사는 잊으라고, 야근을 하고 와서도 왜 그렇게 계속 신경을 쓰냐고 나무랐지만 말처럼 쉬운 일이 아니었다. 성격 자체가 워낙 꼼꼼하기도 했고 오현종 팀장에게 세뇌를 당해서인지 실수하면 안 된다는 강박에 휩싸여 있었다. '자나 깨나 사고 조심'을 삶의 모토로 삼을 만큼. 어제도 장대현 차장이 술자리에 끌고 가지 않았다면 신준영은 혼자 남아 자료를 더 살펴봤을 것이다.

다행히 오늘은 서류 정리만 슬렁슬렁하다가 다음 주에 있을 합격자 등록과 추가 합격자 발표 준비만 하면 될 것 같았다. 몇 개월 동안 입시에 짓눌리다 보니 몸도 마음도 성한 곳이 없었다. 입시 기간이 끝나면 어디로 휴가를 갈까 고민하며 구글 지도를 화면에 띄웠다. 해외여행은 어렵겠지만 세계지도를 보는 것만 으로도 마음이 한결 가벼워졌다. 마우스 클릭도 경쾌했고 방정 맞게 울리는 전화 소리마저 살갑게 느껴졌다.

"안녕하세요. 입학팀 신준영 과장입니다."

"Q대 입학팀이죠?"

중년 남자의 목소리에 굵직한 돌멩이들이 꽉 들어차 있는 것 같았다. 신준영은 예사롭지 않다는 걸 직감했다.

"당신네들 도대체 입시를 어떻게 진행하는 겁니까?"

남자는 다짜고짜 성질을 부렸다.

"네? 무슨 말씀이신가요?"

식은땀 한줄기가 신준영의 등줄기를 타고 흘러내렸다. 합격 자 발표를 잘못했나? 무슨 실수라도 한 건가? 순간 오현종 팀장 의 전설적인 실수가 떠올랐다. 설마 내가 합격자를 뒤에서부터 뽑은 건 아니겠지? 모니터에서 재빨리 합격자 발표 엑셀 파일을 찾았다.

"제 아이가 이번에 거기 지원했는데 아무리 생각해봐도 문제 가 있는 것 같아 전화했습니다. 그쪽한테 말하면 됩니까?"

"네, 저한테 말씀하시면 됩니다. 실례지만 무슨 학과에 지원하셨나요?"

"체육학과요."

신준영은 입술을 깨물었다. 어쩐지 올해는 조용히 넘어간다 싶었다. 체육, 음악, 미술, 연기, 무용은 번갈아 가면서 애를 먹였다. 예체능계만 없어도 입시가 훨씬 더 수월할 터였다. 선발 인원은 몇 명 되지도 않는데 실기와 면접이 필수이다 보니 일도 많고 탈도 많았다. 바닥이 좁아서 고등학교, 대학교, 학원이 촘촘히 연결되어 있기 때문에 누가 어디 붙고 어디 떨어졌는지 소문이 삽시간에 돌았다.

피아노과에 합격한 A라는 학생이 음대 교수의 조카라는 건 알고 뽑았습니까? 연기과에 들어간 B가 연예인이라서 처음부터 입학이 내정되었다는데, 맞나요? 체육학과 C에게 학교에서 먼저 스카우트 제의를 했다는데, 사실인가요?

진실인지 거짓인지 알 수 없는 의혹 제기는 늘 있는 일이었다. 신준영은 제발 별일이 아니길 기도하며 물었다.

"자녀분 성함이 어떻게 되시죠?"

"그건 왜 묻습니까?"

"아, 죄송합니다. 말씀 안 하셔도 됩니다."

"거두절미하고 단도직입적으로 묻겠습니다. 체육학과에 내정자가 있었다는데, 사실입니까?"

"아닙니다. 그런 일은 없습니다."

신준영은 일단 부인부터 하고 봤다.

"그런데도 면접을 그렇게 봅니까?"

"면접이 왜……."

"고작 1분 동안 어이없는 질문 두 개 던지고 끝낼 거면 면접은 도대체 왜 보는 겁니까?"

학부모의 목소리가 높아졌다.

"어차피 합격할 사람은 정해져 있고 면접은 아무런 의미도 없는 요식행위니깐 그따위로 하는 거 아닙니까?"

면접을 1분 만에 끝냈다고? 그럴 리가 없는데?

원칙은 한 사람당 5분 내외로, 이는 모집 요강에 공지되어 있다. 5분 동안 진행해야 할 면접을 1분 동안만 했다면 분명 문제의 소지가 있었다. 그런데 이제야 연락하는 걸 보면 내심 합격할지도 모른다고 기대했는데 막상 예비 번호도 받지 못하고 떨어지니 분을 참지 못해 전화한 것 같았다.

"제 아이가 받은 질문 두 개가 뭔지 압니까? 체육을 사랑하느냐, 합격하면 체육을 열심히 할 거냐. 이 두 개예요. 기가 차서. 대학 면접이 애들 장난입니까? 그걸 질문이라고 하냐고요. 유치원도 학생을 그렇겐 안 뽑아요. Q대에서 이게 있을 법한 일입니까?"

신준영은 좀 당황했지만 죄송하다는 얘긴 하지 않았다. 사과하면 잘못을 시인하는 꼴이 되니까 두 손 두 발 다 들어야 할 때를 제외하곤 절대 하지 않았다. 학부모는 한바탕 쏟아내더니 다시 전화하겠다며 끊었다. 신준영은 체육학과 입시를 담당했던 이원석 대리를 불러 학부모가 한 얘기를 전했다. 이원석은 그날의 기억을 더듬었다. 그리고 한 조가 다른 조보다 면접을 빨리 끝낸 걸 기억해냈다.

"그때 팀장한테 보고했어?"

"아니요."

"왜?"

"크게 문제될 게 없을 것 같아서요."

"문제가 될 수도 있잖아. 면접이 말도 안 되게 빨리 진행되면 그때 바로 대응했어야지."

"그걸 알았을 때 이미 몇 사람 더 진행한 뒤라서 그냥 내버려 두는 게 좋겠다고 생각했어요. 앞사람은 짧게 했는데 뒷사람은 길게 하면 형평성에 어긋나잖아요."

이원석이 핑계를 댔다.

"면접이 두 조였잖아. 그럼 어차피 다른 조랑 면접 시간이 좀 차이 나는 거 아냐? 그건 왜 생각을 못 해?"

"다른 조끼리는 편차 조정을 하니깐 문제없지 않나요?"

이원석이 지지 않고 말대꾸를 하자 신준영은 펜을 책상에 던져버렸다.

"팀장한테도 네가 그렇게 보고해라."

오현종은 민원이 들어왔다는 얘기에 민머리를 마구 긁어댔다. 오현종이 가장 싫어하는 건 말도 안 되는 민원이었고 가장 두려워하는 건 말이 되는 민원이었다. 이건 말이 되는 거였다. 노심초사하며 자녀를 보냈는데 질문 같지도 않은 질문 두 개 받고 돌아오더니 똑 떨어졌다? 피가 거꾸로 쏠리고도 남을 일이었다.

체육학과 사무실에 연락해 내막을 알아본 결과, K 교수가 면접을 서둘렀다는 게 드러났다. 이유는 황당했다. 면접일과 구청장 배 테니스 대회가 겹쳐 번갯불에 콩 볶듯 면접을 진행한 것이었다. 면접 위원으로 위촉될 때만 해도 자신이 대회 결승까지 진출할지는 몰랐고 면접을 대신 맡아줄 사람도 찾지 못했다고 했다. 함께 면접을 진행한 P 교수는 K의 직속 후배였기에 K를 말리지도 못한 모양이었다. 아마도 P는 K가 "네가 분신술을 써서 두 명인 척해라" 했어도 따랐을 테다.

신준영은 K에게 전화해 민원이 제기된 사실을 전했다. 그런데 당황할 거란 예상과 달리 K는 너무나 당당했다.

"딱 보면 알아요. 내가 학생을 몇 년이나 가르쳤는데. 문 열고 들어오는 걸음걸이만 봐도 다 안다고요."

"그래도 정해진 면접 시간이 있는데."

"그거야 상황에 맞게 하는 거고요. 시간을 꼭 지켜야 한다는 법이라도 있어요?"

"교수님, 모집 요강에 면접 시간이 5분 내외라고 명시되어 있습니다. 면접 전에 분명히 말씀드렸을 거고요."

"참 나, 내가 얼마나 바쁜 사람인데."

테니스 치느라 바쁘냐? 차마 이렇게 물어볼 순 없었다. 신준영은 질문을 두 개만 한 게 맞는지 물었다.

"네, 맞아요. 체육을 사랑하느냐, 오면 열심히 할 거냐. 체육인으로서 열정과 의지를 확인한 건데, 이게 왜 문제가 되죠? 질문 여러 개 한다고 달라집니까? 그 두 가지에 대답하는 것만 봐도 바로 답이 나와요."

"일단 알겠습니다. 민원이 제기된 건 어쩔 수 없어서 학교 차원에서 조사를 진행해야 할 수도 있습니다."

"조사? 조사는 무슨 조사? 내가 뭘 잘못했다고?"

K의 목소리가 격앙되었다.

"아니, 도대체 민원 제기한 학생이 누굽니까? 젊은 것들이 인정할 줄은 모르고 따지는 것부터 배워가지곤. 내가 전화해서 한마디 할 테니 연락처 좀 줘봐요."

"죄송하지만, 연락처를 드릴 순 없습니다."

"신 대리라고 했나?"

K가 갑자기 반말을 했다. 신준영은 이를 악물었다.

"신 과장입니다."

"팀장이나 처장 있나?"

K의 하대에 신준영은 순간적으로 K가 비리에 연루된 정황이 드러나 감옥에서 푹 썩길 진심으로 기원했다. 전화를 돌리려고 자리에서 일어나 팀장을 쳐다봤다. 오현종이 화들짝 놀라더니 팔로 X자를 크게 그렸다. 반대편 처장실로 고개를 돌렸지만 불이 꺼져 있었다. 한덕수는 이런 순간에는 귀신같이 자리를 비웠다.

"두 분 다 안 계십니다."

K는 말도 없이 전화를 툭 끊어버렸다.

오현종 팀장, 장대현 차장, 신준영 과장, 이원석 대리가 모여 대책 회의를 했다. 현재까지 드러난 사실은 단순했다. 체육학과 면접 두 조 중 한 조가 면접을 짧게 진행했고 이에 대해 불합격자 학부모가 항의했다. 어떻게 보면 간단히 정리될 문제였다. 한 조가 면접을 다소 짧게 본 것은 사실이나 그 조의 모든 학생이 같은 조건에서 면접을 봤고 다른 조의 면접 점수와 편차 조정을 했기에 형평성에 어긋나는 것은 아니다. 어쩌고저쩌고 말을 더 붙일 것 없이 이렇게만 정리하면 될 것이고, 다른 뾰족한 수도 없다는 것을 장대현은 경험상 잘 알고 있었다. 그런데 오현종은 이 걱정 저 걱정 하면서 결정을 못 내렸다. 회의가 길어지는 게 싫어서 장대현이 해결책을 제시했다.

"팀장님, 어차피 우리가 내부감사 진행할 거 아니잖아요. 이제 전화 한 통 왔을 뿐이고요. 면접을 짧게 한 건 맞지만 공정성에는 문제가 없잖아요. 그러니까 일단 무시하시죠."

"장 차장 의견이 그렇다는 거지? 그럼 그렇게 정리하지."

"팀장님."

신준영이 물었다.

"학부모는 어떻게 하죠? 제가 전화를 해볼까요?"

"장 차장, 어떻게 생각해?"

오현종은 장대현에게 물었다.

"일단 무시해. 바로 전화하지 말고 시간 끌다가 또 전화 오면 그땐 단호하게 나가. 머뭇거려서 진짜 문제가 있는 것처럼 틈을 보이지 말고."

"그래, 장 차장 말대로 해. 그리고 이 대리는 반성문 써서 제출해."

이원석이 눈을 치켜떴다. 신준영은 '유치하게 반성문이 뭔가' 하는 생각에 피식 웃었고 장대현은 빨리 자리를 뜨고 싶어 엉덩이를 들썩거렸다.

"왜? 무슨 문제라도 있나?"

오현종의 주름이 진해졌다.

"아닙니다."

"우리 같은 행정직은 보고가 생명이야. 알아? 문제가 될 것도 보고만 잘하면 넘어가. 그날 교수들이 점심에 뭘 먹었는지, 화장실은 몇 번이나 갔는지, 뒤풀이는 어디서 했는지, 이런 세세한 것까지 다 보고하라고. 반성문으로 끝내는 걸 고맙게 생각해. 알겠어?"

이원석은 고개를 떨구었다.

최초 합격자 중에서 등록하지 않고 다른 대학으로 이탈하는 학생들이 대단히 많았다. 다른 대학이 추가 합격을 발표하기 시작하면 도미노 현상이 발생해 더 도망갈 게 자명했다. 특히 상위권 학과들의 이탈률이 높았다. '가'군 Q대 상위권 학과에 지원하는 학생들은 Q대보다 높은 '나'군의 O대나 F대의 하위권 학과에 지원하는 경향이 높았고, 동시에 합격하면 O대나 F대에 등록하는 게 일반적이었다. 예전보다 학과를 중요시하긴 했으나 대학 이름의 힘은 여전히 강력했다.

반면 Q대 하위권 학과에 지원하는 학생들은 Q대보다 낮은 '나'군의 T대나 R대의 중상위권 학과에 지원하는 경향이 뚜렷했다. 그래서 Q대 하위권 학과는 상대적으로 등록률이 높았다.

이렇게 상위권 학과 합격생들이 등록하지 않고 계속 빠져나가는 반면 하위권 학과의 등록률이 높으면 마지막엔 상위권 학과와 하위권 학과의 커트라인이 비슷해지기도 했다. 때론 상위권 학과들이 한순간에 무너져서 오히려 하위권 학과보다 커트라인이 낮아질 때도 있었다. 소위 말하는 '빵꾸'였다. 이런 일이 벌어질 때마다 신준영은 실력도 실력이지만 운이 정말 중요하다고 느끼곤 했다. 최상위권 학과에 운 좋게 들어간 학생들이 사실 그들보다 수능을 잘 보고도 중하위권 학과에 입학한 친구들을 무시하는 걸 보면 흥미로웠다.

올해도 그런 조짐이 보였다. 의예과는 전혀 문제없고 공과대학을 비롯한 자연계는 라인이 탄탄했지만, 인문계가 문제였다. 인문계에서 가장 높은 경영학과가 벌써 휘청거리고 있었다. 작년 경영학과 입시 결과가 정말 좋았고 그게 배치표에도 어느 정도 반영되다 보니 학생들이 생각하는 Q대 경영학과 점수와 괴리감이 있는 것 같다고 신준영은 보고했다.

"너무 높아 보이니깐 지원하기 망설여지고, 그 점수라면 같은 '가'군인 W대 경영학과도 충분히 노려볼 수 있어서 지원 풀이 얇아진 거야. 반면 작년에 안 좋았던 경제학과는 아무리 빠져나가도 전혀 문제없을 만큼 탄탄하고."

장대현은 이렇게 분석하며 덧붙였다.

"복불복인 셈이지. 이렇게 대학마다 원서를 받을 게 아니라 차라리 교육부나 대교협(한국대학교육협의회)이 모든 지원자 데이터를 받아서 1등부터 지망하는 대학에 등록하게 하는 건 어때? 쉬운 일은 아니겠지만, 그러면 전국 1등부터 가고 싶은 대학과 학과에 순차적으로 가니까 이런 문제는 없을 거 아냐. 우리일도 엄청 줄어들 테고. 물론 그렇게 되면 대학의 원서 수입이 줄어들겠지만."

신준영과 장대현처럼 머리를 맞대고 있는 이들이 있었다. 오현종과 한덕수다. 둘은 인문계 간판 학과인 경영학과에 구멍이 났다는 말에 노발대발했다. 하지만 추가로 지원받을 수도 없고 이미 엎질러진 물이었다. 둘은 이 일을 총장과 이사장에게 어떻게 보고할지 걱정만 거듭했다.

입학팀 사무실은 전화벨 소리로 항상 시끄러웠다. 특히 합격자 발표 시즌에는 데시벨이 더욱 높아졌다.

대학은 합격자 발표 전까진 굳이 따지자면 '갑'에 가까웠지만 발표 후에는 '을', '병', '정'으로 전락했다. 합격한 학생은 합격해서, 떨어진 학생은 떨어져서 말이 많았다. 합격한 이들은 장학금과 기숙사를 내놓으라고 떼를 썼고 등록금이 비싸다거나 안내를 제대로 하지 않는다며 불평했다. 떨어진 이들은 왜 떨어졌는지 모르겠다며 따졌다.

2차 추가 합격자를 발표하자마자 전화기에 불이 났다. 예비번호를 받지 못했는데 합격 가능성은 없는 건가요? 제 아이가 몇 등인지만 알려주시면 안 될까요? 지금 재수학원에 등록해야 할지 고민하고 있는데 진짜 떨어진 거예요? 몇 차 추가 합격자까지 발표하실 거죠? 제 친구도 거기 지원했는데 합격했는지 알 수 있을까요?

단순한 문의를 응대하는 근로장학생들이 있어도 전화를 거는 사람들의 사연은 단순하지 않기에, 전화는 이 사람 저 사람을 거쳐 결국에는 신준영에게 도달했다.

"오늘 Q대 2차 추가 합격자 발표하셨죠?"

"네, 학교 홈페이지에서 확인하시면 됩니다."

"이미 확인했는데요, 좀 문제가 있는 것 같아서요."

신준영은 또 무슨 일인가 싶어 뒷골이 땅겼다. 이런 전화는 아무리 받아도 익숙해지지 않았다.

"제 아들이 영어영문학과에 붙고도 남을 성적인데 아직 합격을 못 했어요."

"그런데 어머님, 저희가 합격자 성적까지 공개하진 않는데 어떻게 합격하고도 남는다는 걸 아시죠?"

"수만휘에서 확인했어요. Q대 영어영문학과에 오늘 합격한 학생이 성적을 공개했는데 제 아들보다 낮더라고요."

'수능 날 만점 시험지를 휘날리자'라는 입시 사이트는 줄여서 '수만휘'로 불리는데, 입시 관계자라면 누구나 알았다. '수만휘'를 비롯해 '오르비', '파파안달부루스' 등이 있었다. 신준영은 그럴 리 없다고 생각하면서도 심장이 두근거렸다. 재빨리 엑셀을 켜고 물었다.

"어머님, 자녀분 성함이 어떻게 되시죠?"

"김민우요."

신준영은 영어영문학과에서 김민우를 검색했다. 동명이인이 있었고 한 명은 이미 최초 합격을 한 상태였다. 떨어진 학생은 추가 합격자를 끝까지 발표해도 합격을 못 할 정도로 성적이 낮았다.

"혹시 수험 번호를 아시나요? 아니면 자녀분 생년월일이 어떻게 되시죠?"

학부모가 불러준 생년월일을 찾았다. 두 명 중 떨어진 김민우였고 사수생이었다. 신준영은 어떤 상황인지 바로 직감했다. 가끔 이런 일이 있었다. 그래도 만에 하나 문제가 생길 수 있으니 데이터를 다시 살펴보았다. 엑셀을 만지다가 자료가 엉킬 수도 있었으나 다행히 그런 일은 없었다.

"어머님, 자녀분 수능 성적을 불러주실 수 있나요?"

학부모가 점수를 또박또박 읊었다. 엑셀에 있는 김민우의 성적보다 총점이 대략 100점 정도 높았다. 신준영은 '자녀분이 성적을 포토샵으로 위조한 것 같다'고 대놓고 얘기하려다 멈칫했다. 전화를 건 사람이 김민우의 학부모인지 아닌지 알 길이 없었고 괜히 얘기했다가 트집거리가 될 수도 있었다. 개인정보 보호법에 위배되는 행동일지도 몰랐다. 신준영은 자녀분과 얘기해보는 게 좋겠다고 돌려 말한 후 끊었다. 아니나 다를까, 전화를 끊자마자 안수현 입학사정관이 자리에 와서 물었다.

"과장님, 혹시 김민우라는 학생 학부모님과 통화하셨어요?"

"네? 어떻게 아셨어요?"

"그 학생에게서 전화가 왔는데요. 방금 자기 엄마랑 통화한 사람을 바꿔달라고 해서요."

"네. 저한테 돌려주세요. 또라이 같아요."

"네?"

안수현이 놀라서 되물었다.

"아, 아니에요. 전화 돌려주세요."

신준영이 전화를 받자 학생이 떨리는 목소리로 물어왔다.

"선생님, 저희 엄마한테 제 수능 성적 말씀하셨어요?"

"아니요, 혹시 몰라서 아직 말씀 안 드렸어요."

학생은 다행이라는 듯 안도의 한숨을 쉬었다.

"성적, 위조하셨죠?"

신준영이 조심스레 물었다.

"네……."

"아…… 무슨 사연인지는 모르지만, 어머님이랑 잘 얘기해보세요."

"말이 안 통해요."

학생이 툭 던지듯 내뱉었다.

"네?"

"엄마한테 제 성적이 사실이라고 말씀해주시면 안 될까요? 제발 부탁드려요."

학생이 간절하게 애원했다.

"미안하지만 그렇게 해드릴 순 없어요. 그럼 학생이 합격해야 하는데 말이 안 되잖아요."

"선생님은 그냥 제가 합격했다고 말씀만 해주시면 돼요. 합격증은 알아서 만들게요."

"안 돼요."

신준영이 단호하게 거절하자 학생이 떨리는 목소리로 말했다.

"저…… 진짜 죽을지도 몰라요."

"그런 말 쉽게 하는 거 아니에요. 대학이 인생의 전부도 아니고요. 사정을 잘 얘기하면 부모님도 이해해주실 거예요."

"말이 안 통한다고 말했잖아요!"

학생이 버럭 소리를 질렀다.

"지난 4년 동안 저 진짜 죽을 뻔했어요. 이번에도 떨어진 걸 아시면 최소 사망이라고요."

신준영은 그런 일은 없을 거라고 얘기하려다 말았다. 학생의 사정을 잘 알지도 못하면서 함부로 말하고 싶진 않았다.

"저 정말 열심히 했어요. 진짜 놀지도 않고 공부했다고요. 그런데도 성적이 안 오르는 걸 어떡하라고요."

신준영은 의자 등받이에 기대 한숨을 내쉬었다. 그래서 뭐 어쩌라는 거냐 싶으면서도 부모가 얼마나 쪼아대면 학생이 저렇게까지 하나 싶어 안타까웠다. 자연스레 컴퓨터 본체 옆에 세워둔 가족사진에 시선이 갔다. 아들의 초등학교 입학식 날 찍은 사진이었다. 아들은 이제 3학년이 되었고 딸은 1학년이었다. 자녀 교육에 있어서만큼은 아내보다 그가 훨씬 더 열성적이었다. 숙제를 제대로 하지 않거나 똘똘하지 못한 행동을 보이면 짜증이 나서 애들을 몰아세웠다. 특히 덤벙거리는 모습을 볼 때면 순간 화를 참지 못해 꾸짖기도 했다. 도대체 누구를 닮은 건지…… 순간 이러다 나중에 자기 자식들도 김민우 학생처럼 되는 건 아닌가 싶어 걱정됐다.

김민우 학생은 울먹거리며 한참 토로하다가 전화를 끊었다. 다행인지 불행인지 그 후로 김민우나 그 엄마 전화는 오지 않았다. 김민우는 어떻게 됐을까. 신준영은 종종 그 학생을 떠올렸다.

신준영은 모처럼 깔끔하게 다린 와이셔츠에 정장을 입었다. 넥타이까지 매고 나니 다른 회사에 면접이라도 보러 가는 사람 같았다. 추가 합격자 발표 마지막 날에는 늘 이렇게 차려입었다. 입시를 마무리하는 자신만의 의식이었다.

추가 합격자를 발표할 수 있는 시기는 2월 중순 즈음으로 매년 따로 정해져 있다. 그날 이후론 남는 자리가 생겨도 학생을 더 선발할 수 없다. 그러다 보니 해마다 몇 자리가 남았다. 신준영은 정시 등록 현황을 수시로 확인하면서 빠져나가는 학생이 없는지 살폈다.

추가 합격자에겐 등록 기간이 길게 주어지지 않는다. 길어봐야 하루다. 추가 합격자가 등록하지 않으면 다음 학생을 또 선발해야 하기에 거의 매일 합격자 발표를 진행했다. 밑 빠진 독에 물 붓기나 다름없다. Q대는 보통 5, 6차에서 마무리되었다. 꼬리가 길 때는 8, 9차까지 가기도 했다. 5차부터는 시간이 없어서 전화로 합격을 통보하고 등록 의사를 바로 확인했다. 등록 의사의 증거로 통화 내용을 녹음하고 예치금 30만 원을 가상계좌로 받았다.

마지막 날이 되면 거의 모든 학생이 등록을 마치지만 등록 포기자는 끊일 듯 끊이지 않고 계속 나오기에 긴장을 늦출 수 없었다. 다른 대학으로 가는 학생도 있고 재수학원에 등록하는 학생도 있었다.

오후 4시경, 일어일문학과 합격생 1명이 다른 대학으로 빠져나갔다. 신준영은 바로 다음 학생에게 전화를 걸었다. 신호음을 듣고 있으려니 긴장됐다. 침을 꼴깍 삼키는 사이 학생이 전화를 받았다.

"안녕하세요. Q대 입학팀 신준영 과장입니다. 일어일문학과에 지원하신 이효정 학생이시죠?"

"네."

"축하드립니다. 이효정 학생은 Q대 정시모집 '가'군 일어일문학과에 추가 합격하셨습니다."

신준영은 내심 환호성을 기대하며 평소보다 높은 어조로 말했다.

"등록하실 거죠?"

"아…… 저 죄송한데 등록 안 할 것 같아요."

학생이 머뭇거리다 말했다.

"아…….."

신준영은 머쓱해졌다.

"다른 대학에 등록하신 건가요?"

"네, 지금 F대 OT 왔어요."

"축하드려요. 재밌으시겠네요."

신준영은 쓸데없는 소리를 했다.

"대학 합격해서 OT 갈 때가 참 좋죠."

아쉬웠지만 등록 포기 의사를 빠르고 확실하게 알려줘서 고마웠다. 제일 난감한 건 끊임없이 고민만 하는 학생을 만날 때다. 지원할 때 '가', '나', '다'군 모두 합격하면 어디로 갈지 분명히 정했을 텐데, 시간이 한참 흘러도 결정을 못 하는 사람들이 더러 있었다. 하긴 한순간의 판단으로 인생이 달라진다고 생각하면 가볍게 여길 문제는 아니다. 점심을 뭐 먹을지 정하는 것도 어려운데, 하물며 대학을 선택한다는 건 여간 어려운 일이 아닐 테니까.

학생과 학부모에게 이견이 있으면 문제는 더욱 심각해진다.

학생은 등록할 거니까 다음 학생을 절대 선발하지 말라고 하고, 학부모는 자기 자식을 이 대학에 절대 보낼 수 없으니 다음 학생을 뽑으라고 하면 머리가 터질 것 같았다. 엄마와 아빠의 의견이 다를 때도 있었고 할아버지, 할머니, 삼촌, 고모, 이모까지 가세해 집안이 풍비박산 나기도 했다.

신준영은 다음 학생에게 전화를 걸었다. 세 번 시도했지만 받지 않아 학생의 어머니에게 걸었다. 신호가 울리자마자 어머니는 다급한 목소리로 전화를 받았다.

"여보세요?"

"안녕하세요. Q대 입학팀 신준영 과장입니다. 일어일문학과에 지원하신 강준호 학생 어머니시죠?"

"네! 네!"

잔뜩 긴장한 목소리였다.

"축하드립니다. 강준호 학생은 Q대 정시모집 '가'군 일어……."

신준영은 합격 통보를 끝까지 하지 못했다. 어머니가 엉엉 울기 시작했기 때문이다. 이 전화를 얼마나 기다렸으면……. 순간 눈물이 핑 돌았다. 신준영은 누가 볼까 싶어 얼른 휴지로 눈물을 닦았다.

"어머니, 진정하시고요."

그 말에 어머니는 더 울었고 신준영은 휴지를 한 장 더 뽑아야만 했다. 신준영은 어머니가 마음껏 울도록 내버려뒀다. 나중에 녹음된 걸 보니 어머니는 7분 33초 동안 말 한마디도 하지 않고 울었다. 마침내 정상적인 대화가 가능해졌을 때 다시 합격 통보를 진행했다.

"등록하실 건가요?"

"네! 당연히 해야죠."

"혹시 다른 대학에 이미 등록하신 적 있나요? 있으면 그 대학에 등록 포기를 한다고 말씀해주셔야 합니다."

"아니요, 없어요. 다 떨어졌어요."

"다행, 아, 아닙니다."

"정말 감사합니다."

"그런데 학생은 전화가 안 되더라고요. 혹시 자녀분 의견이 다른 건 아니겠죠?"

"아니에요, 애는 지금 재수학원에 들어갔어요. 그래서 전화가 어려워요."

"그럼, 강준호 학생에게는 어머님이 말씀을 좀 해주세요. 혹시 등록을 안 한다고……."

"할 거예요, 할 거예요. 다른 사람 뽑으시면 안 됩니다."

어머니는 다급하게 말하고 전화를 끊었다.

그 후로 건축학과 1명, 통계학과 1명, 심리학과 1명, 신소재공학부 1명이 차례대로 빠져나갔고 신준영은 다음 학생을 선발했다. 이미 다른 대학에 등록했다며 시큰둥하게 전화를 받는 학생이 있는가 하면 기다렸다는 듯이 등록하는 사람도 있었다.

"진짜 보이스피싱 아니에요?"

한 학부모는 합격 통보를 끝내 믿지 못했다.

"그런데 왜 돈을 내라고 하세요?"

"어머님, 등록 의사를 명확히 하는 차원에서 예치금 30만 원을 받는 겁니다. 등록금에 포함된 금액이고요."

"진짜 Q대 맞아요?"

"정 의심되시면 Q대 입학처 홈페이지에 직접 들어가서 거기 기재되어 있는 번호로 전화를 걸어주세요. 그래서 저를 찾으시면 되잖아요. 저는 신준영 과장입니다."

"홈페이지도 조작한다고 그러던데."

"어머님, 정말 죄송한데 저희가 시간이 많지 않아서요."

"그런데 원래 이렇게 늦은 시간에 합격자를 발표해요? 지금 밤 8시인데."

"오늘이 추가 합격자 발표 마지막 날이어서요. 9시까지만 할 수 있거든요."

학부모는 결국 경찰에 신고했다. 경찰서에서 학교로 전화가 와서 합격 통보를 한 게 맞는지 확인한 후에야 등록했다.

8시 57분과 58분에 철학과 1명과 물리학과 1명이 등록을 포기했다. 다른 대학에서 방금 막 합격 통보를 받았다고 했다. 서둘러 다음 학생을 뽑으려 했으나 시간은 금세 흘렀다. 철학과와 물리학과에 한 자리씩 빈자리가 생겼다.

오후 9시, 추가 합격자 발표가 끝났다. 이젠 더 뽑고 싶어도 그럴 수 없었다. 오현종이 다들 고생 많았다며 격려했고 다 같이 박수를 쳤다.

9시 3분과 12분에 등록 포기자가 추가로 발생했다. 좀 더 일찍 얘기해줬으면 다음 학생을 선발했을 텐데. 누군가 갈팡질팡 고민하는 사이 다른 누군가의 인생이 바뀌었다. 경험상 포기자는 내일도 나올 것이고 3월 개학 전까지 몇 명 더 나올 것이다.

9시 23분, 전화가 울렸다. 민원을 제기했던 체육학과 학부모였다. 신준영은 간담이 서늘해졌다.

"진짜 이렇게 끝입니까?"

신준영은 아무 대답도 하지 않았다.

"자체적으로 조사하신다는 것은 어떻게 됐습니까?"

"아버님께서 말씀하신 대로 면접 운영에 미흡한 점이 있었습니다만."

신준영은 호흡을 가다듬었다.

"공정성에는 문제가 없었습니다."

"하!"

학부모는 기가 찬다는 듯 웃더니 이를 악물고 말했다.

"당신네들 내가 가만두지 않겠어. 각오하는 게 좋을 거야."

신준영은 그 말 그대로 팀장에게 전했고 오현종은 모처럼 센

척을 했다.

"지가 어쩔 건데. 고소할 테면 하라고 해."

운동장을 가로질러 퇴근하던 신준영이 다시 사무실로 발걸음을 돌렸다. 어수선한 분위기에서 업무를 마무리한 게 마음에 영 걸렸다. 이 상태로 집에 가면 잠을 청하지 못하고 뒤척이다가 아내에게 수명 줄어든다는 소리나 들을 게 분명했다. 아무도 없는 조용한 사무실에서 최종 점검을 하려고 들어서는데, 사무실을 배회하고 있는 한덕수가 눈에 들어왔다.

오늘도 집에 안 가는 거야? 입시 다 끝났는데? 그런데 내 자리에서 뭐 하는 거지?

한덕수는 신준영의 자리에 서서 책상을 한참 내려다보고 있었다. 신준영의 헛기침 소리에 한덕수가 화들짝 놀랐다.

"아니, 퇴근한 거 아니었소?"

"뭐 하나만 확인하고 가려고요."

"내일 하면 될 텐데 뭐 하러. 신 과장 꼼꼼한 건 알았지만 못 말린다 못 말려."

"처장님은 왜 집에 안 가시고요?"

"내 집이 바로 여기잖소?"

한덕수가 낄낄거리며 웃었다.

"비록 오늘 큰 전투가 끝나긴 했지만 우린 아직 전쟁 중이잖소.

언제 무슨 일이 벌어질지 모르는데 전쟁터를 떠나면 되겠소?"

"아…… 네……."

"오늘 저랑 같이 밤새 이곳을 지켜보겠소?"

"아, 아닙니다. 저는 좀 쉬어야겠습니다. 내일 확인해도 될 것 같아요."

신준영은 재빨리 사무실을 빠져나왔다. 여기서 붙잡히면 일도 못 하고 한덕수의 얘기만 지겹게 들을 게 뻔했다. 한덕수와 사무실에서 사이좋게 동이 트는 걸 볼 순 없는 노릇이었다.

그 남자의 직업병

    Q대 캠퍼스는 세로가 긴 직사각형 모양이다. 정문에 서서 캠퍼스를 바라보면 반대편으로 고딕풍의 대학 본부 건물이 자그맣게 보였다. 정문에서 대학 본부까지는 경사가 완만한 오르막이었고 긴 길을 따라 광장과 잔디밭 그리고 각종 조형물이 조성되어 있었다. 정문에서 대학 본부를 바라봤을 때 좌측엔 자연계 건물들, 운동장, 기숙사가, 우측으론 인문계 건물들, 학생회관, 강당이 위치했다.

    입학처는 대학 본부 1층 입구에 있었고 그 옆으로 학생처, 교무처, 국제처가 차례대로 자리했다. 지하철역에서 정문까지는 3분 정도밖에 걸리지 않으나 정문에서 입학처까지는 15분 정도가 소요돼 직원들은 항상 불만이었다. 걸음이 느린 사람은 20분

으로도 부족했다. 셔틀버스가 있어도 출근 시간과 학생들의 등
교 시간이 겹쳐 항상 붐볐고 버스를 기다리는 줄이 지하철역까
지 늘어지기도 했다. 직원들은 캠퍼스 초입에 입학처가 있으면
출퇴근 시간도 아끼고 수험생이나 학부모가 찾아오기도 편할
거라면서, 지금이 얼마나 비효율적이고 비경제적인지에 대해
불평했다.

입학처 사무실 제일 안쪽에는 팀장이 앉았다. 팀장 자리 옆에
는 회의할 수 있는 긴 테이블이 놓여 있는데 그 옆이 처장실이었
다. 사무실 우측엔 탕비실과 창고가 있고, 안쪽은 통유리로 되어
있어 대학 본부 뒤편의 나무들이 잘 보였다. 나름 '숲세권'이지
만 업무 시간에 나무를 보며 여유를 누릴 순간은 그리 많지 않았
다. 더욱이 팀장 자리 근처라 발길이 쉽게 가지 않았다. 오현종
팀장만이 가끔 숲을 멍하니 바라보며 시간을 보내곤 했다.

팀장 앞으로 4개 자리 1세트가 4세트, 총 16개 자리가 펼쳐져
있었고 정규직과 무기계약직 그리고 계약직 순으로 앉았다. 그
러다 보니 사무실 안쪽엔 남자가, 바깥쪽엔 여자가 많았고 안에
서 바깥으로 갈수록 젊어졌다. 사무실 입구에는 근로장학생들
이 일렬로 배치되어 있었다.

정규직은 직원(선생), 주임, 대리, 과장, 차장, 부장 순으로 직
급이 있었고 무기계약직은 책임과 선임으로 나뉘었다. 계약직
은 별도의 직급 없이 선생으로 불렸다.

3월이 되자 휴가를 떠났던 사람들이 하나둘 돌아왔다. 조규학 선임은 이 시기를 가장 좋아했다. 한 해의 입시가 끝났다는 후련함과 새로운 입시를 준비하는 설렘이 공존하기도 하고 상대적으로 여유로웠다. 한겨울 추위로 얼어붙은, 인적이 드문 캠퍼스에도 학생들이 돌아와 봄바람이 불었다. 조규학은 출퇴근하거나 점심시간에 캠퍼스를 오갈 때 어떤 학생이 신입생인지 궁금해했다. 누군지는 알 수 없지만 분명 그의 손을 거쳐 합격한 학생들이 캠퍼스를 누비고 있을 터였다. 하지만 예전과 달리 요즘엔 신입생이 누군지 한눈에 파악하기 어려웠다.

"자꾸 두리번거리고 눈빛이 초롱초롱하면 신입생이야."

경지혜 책임이 잔디밭에 모여 있는 친구들을 가리켰다.

"복학생들은 오로지 목적지를 향해 직진하지, 저렇게 서성거리지 않는다고."

"에이, 눈빛은 몰라도 복학생들이 더 두리번거리죠. 혹시 아는 학생이 있을까 싶어서요."

양주희 선임이 흡연 구역에서 담배를 피우고 있는 학생을 바라보았다.

"저기 봐요. 담배 피우는 척하면서 계속 두리번두리번하잖아요."

"그런가."

"확실히 요즘 애들은 옷을 잘 입어요. 예전엔 누가 봐도 신입생인 것처럼 입고 다녔는데."

조규학이 말했다.

"맞아. 감각이 뛰어나. 촌스러운 애들이 없어. 화장도 잘하고."

경지혜가 인정했다.

"얼마 전에 남편이 나 신입생 때 사진을 갑자기 찾아서 보여주더라고. 그거 보고 얼마나 충격을 받았는지."

"왜요? 어땠길래요?"

양주희가 관심을 가졌다.

"세상에 세상에 그런 촌년이 없더라니깐."

"우리도 보여주세요. 얼마나 촌스러운지 봐드릴게요."

"이미 다 불태워버렸어."

셋은 점심을 주로 같이하는 사이였고 오늘은 경영관 뒤편의 식당가에서 인도 카레를 먹고 가는 길이었다. 한 달에 두세 번은 꼭 가는 단골집이었는데, 양주희는 서비스로 주는 라씨를 특히 좋아했다. 개학과 함께 식당가도 오랜만에 학생들로 북적거렸다.

"경 책임님, 베트남은 잘 다녀오셨어요?"

휴가가 끝난 기념으로 경지혜가 쏜 커피를 홀짝이던 양주희가 물었다.

"잘 갔다 왔지. 지금도 마음만큼은 선베드에 누워서 칵테일을 마시고 있어. 남편이랑 아들 버리고 가니깐 그렇게 좋을 수 없더라."

"가족 여행 다녀오신 거 아니었어요?"

"아냐. 말 안 듣는 사내 둘 데리고 다니는 게 무슨 여행이야. 아들은 이제 고1이라 열심히 공부해야 하고. 친구들이랑 갔다 왔어."

경지혜가 흐뭇하게 웃었다.

"양 선임도 해외 간다고 하지 않았어?"

"방콕에 가려고 했는데 결국 집에서 방콕했어요. 애가 어려서 아무래도 어렵겠더라고요."

양주희가 조규학을 바라보았다.

"조 선임님은 어디 안 가셨어요?"

"저는 그냥…… 소개팅 좀 했어요."

조규학이 눈치를 보며 말했다.

"오 대박. 소개팅 좀? 한 명이랑 한 게 아닌가 봐?"

경지혜가 반색했다.

"누구랑요? 몇 명이랑 했어요?"

양주희도 관심을 가졌다.

"음…… 일곱 명이요."

조규학이 머뭇거리며 대답했다.

"와, 진짜 대박인데? 일주일 동안 일곱 명이랑 소개팅을 했다고? 하루에 한 명씩 한 거야?"

경지혜가 놀란 얼굴로 묻자, 조규학이 멋쩍게 웃었다.

"대단하다. 마흔 전에 결혼하고 싶다더니 열정이 장난 아니네요. 그래도 한 명씩 시간을 두고 만나보는 게 낫지 않아요?"

양주희가 말했다.

"일곱 명을 동시에 만나면 헷갈려서 제대로 기억도 안 날 것 같은데."

"좀 헷갈리긴 하더라고요."

"우리 조 선임은 소개팅도 서류 평가를 하는 것처럼 하네."

경지혜가 신기하다는 듯 말했다.

"아무래도 학생 한 명만 평가하는 것보단 이 학생 저 학생 비교하면서 평가하는 게 쉽잖아. 양 선임은 안 그래?"

"그거야 그렇지만, 서류 평가랑 소개팅은 다르잖아요. 아닌가? 비슷한가?"

"정말 부럽다. 나도 소개팅 일곱 번 하고 싶어."

경지혜가 커피를 쭉 빨아 마셨다.

"무지개처럼 얼마나 가지각색이겠어. 재밌었겠다."

"다 큰 아들이 있는 어머님께서 그런 말씀을 하시면 안 되죠."

조규학이 핀잔을 쳤다.

"한 사람이랑 같이 사는 게 나랑 잘 안 맞나 봐. 조 선임, 그냥 결혼하지 말고 지금처럼 이 사람 저 사람 만나면서 재밌게 살아."

"분명히 말씀드리지만 저는 비혼주의자가 아니에요. 결혼 꼭 할 거예요. 그러니까 앞으로 그런 얘기는 자제해주시고 괜찮은 사람 있으면 부지런히 소개나 해주세요."

조규학은 삐진 척하며 투덜거렸다.

"그리고 이 사람 저 사람 만나는 게 얼마나 힘든지 아세요?"

"일곱 명 중에 마음에 드는 사람은 있었어요?"

양주희가 물었다.

"그게…… 아직 잘 모르겠어요."

조규학은 가만히 하늘을 올려다봤다.

"그래도 느낌이 오는 사람이 있을 거 아니에요. 서류 평가처럼 합격 가능성이 높은 사람, 애매한 사람, 다시 태어나도 떨어질 것 같은 사람 이렇게 나눠보지 그래요."

조규학은 머릿속으로 한 명씩 떠올려봤다. 일주일도 채 지나지 않았는데 얼굴과 이름이 매칭되지 않는 사람도 있었다. 어쩐지 미안한 마음이 들었지만 그 사람도 이미 나를 잊었을 수 있다고 생각하니 금세 마음이 편안해졌다. 소개팅을 한 주에 몰아서 하려고 의도한 건 아니다. 끝없는 입시 때문에 미루고 미루다 보니 2월 말에야 시간이 났다. 물론 입시철에도 소개팅을 할 시간은 분명히 있었고 몇 번 해보기도 했지만 야근과 주말 출근이 잦아서 마음에 들어도 자주 볼 수 없었고 그러다 보면 흐름이 뚝뚝 끊겼다. 소개팅은 단기간에 서로의 마음을 확인하고 진도를 나가야 하는데 매번 입시가 중간에 훼방을 놓았다.

입시 때문에 이번 소개팅도 실패한 거야.

사실 이건 조규학의 핑계이기도 했다. 입시가 아니었다면 소개팅을 백발백중 다 성공했을까. 가끔 조규학은 침대에 누워 이런 생각을 하며 고개를 가로저었다. 20대 중반부터 소개팅을 해왔지만 날이 갈수록 점점 더 어려워졌다. 30대 초반에 만나던 여자와 결혼 문턱까지 갔다가 헤어진 이후부터 연애도 소개팅도 쉽지 않았다. 그 당시 조규학은 T대에서 입학사정관으로 일하고 있었고 계약직이었다. 여자 친구의 집에선 조규학이 계약직인 걸 못마땅해했고 끝내 그게 발목을 잡았다.

조규학은 D대, T대, K대, U대를 차례대로 거쳐 Q대까지 왔고 다행히 Q대에서 2년 근무 후 무기계약직으로 전환됐다. 정규직은 아니지만 계약직일 때보다 마음이 한결 가벼웠고 자신감도 어느 정도 생겼다.

문제는 소개팅을 자신감으로 하는 건 아니라는 거다. 깔끔하게 차려입고 거울을 보며 "아이 캔 두 잇! 마흔 전에 결혼 가즈아!"라고 아무리 자신 있게 외쳐봐도 여자만 만나면 무슨 말을 해야 할지 몰라 버벅댔다. 여자를 안 만난 지 5년 가까이 되면서 연애 세포가 씨가 마른 상태였다. 결혼까지 골인해야겠다는 생각 또한 부담으로 작용했다. 인사하고 몇 마디 나누다 보면 대화 소재가 금세 바닥났다. 여자가 대화를 이끌어주면 고맙다고 넙죽 절이라도 하고 싶은 심정이었다. 상대방이 말이 없으면 둘은 묵언수행이라도 하듯 밥을 먹었다. 그 침묵을 견디지 못하면 결국 조규학이 물었다.

"혹시 고등학교는 어디 나오셨어요?"

대학교도 아니고 갑자기 고등학교? 난데없는 호구 조사에 여자들은 당황한 표정을 지으면서도 대체로 대답을 해주었다. 그러면 조규학은 갑자기 고향 친구라도 만난 것처럼 반가워했다. 그가 유일하게 온종일 떠들 수 있는 주제였다.

"아, 광주광역시 남구에 있는 학교 말씀하시는 거죠?"

"네, 어떻게 아세요?"

"제 일이잖아요. 괜찮은 고등학교 나오셨네요. 최상위권 대학 진학 성적도 꽤 좋았던 거 같은데. 예전에 입학설명회 할 때 가보기도 했거든요. 학교가 거의 산 중턱에 있던 걸로 기억하는데, 맞죠?"

"네, 맞아요."

"등하교 때 엄청 힘들었겠어요. 경사가 장난 아니고 교문에서 건물까지 꽤 멀었던 거 같은데. 제가 멋도 모르고 택시를 타고 가서 학교 앞에 내렸다가 정말 후회했거든요. 다음에 가면 꼭 건물 앞에서 내려달라고 할 거예요. 운동장에 잔디가 깔려 있어서 참 예뻤는데…… 잠깐만요, 그 선생님 이름이 뭐였더라…….."

조규학은 갑자기 휴대폰 연락처를 뒤지며 사람을 찾았다.

"아! 박중호 선생님! 박중호 선생님 아세요?"

"알죠, 알죠. 정말 신기하네요. 어떻게 아시는 거예요?"

여자는 대체로 이 정도 수준까진 흥미로워했다.

"진학 담당 선생님이셔서 그때 얘기 많이 나눴거든요. 요즘에도 가끔 카톡하고 그래요."

이렇게 대화의 물꼬를 튼 조규학은 여자와 헤어질 때까지 입시 얘기만 나눴다. 고등학교 시절의 추억부터 대학 합격 수기, 과거와 현재 입시의 차이, 서류 평가 방법, 각종 입시 사고, 교육 제도 문제점에 이르기까지 지치지 않고 떠들어댔다. 처음엔 관심을 가지고 흥미로워하던 여자도 조규학이 교육부의 갈팡질팡 정책에 대해 침 튀기며 비판할 즈음에는 대체로 괴로워하고 따분해했다. 눈치껏 다른 얘기로 화제를 돌려야 하는데 조규학은 이미 멈출 수 없는 폭주 기관차가 되어 낭떠러지로 떨어질 때까지 앞으로 돌진했다. 10년 가까이 입시에 매몰되어 살아온 결과였다.

한바탕 실컷 떠들고 집으로 돌아오면 조규학은 그때서야 후회가 밀려와 잠들지 못했다. 소개팅을 한 건지 입학설명회를 한 건지 본인조차 구분되지 않았다. 어떤 사람들은 소개팅 주선자에게 대놓고 욕을 하기도 했다.

"그 사람 도대체 왜 내 앞에서 입학설명회를 하는 거야? 내가 두 시간 동안 대학 입시 얘기만 듣다가 왔잖아. 이런 소개팅은 또 난생처음이네. 그 사람 그냥 혼자 살라고 해. 아니지, 입시랑 결혼했다고 봐야겠다. 그게 맞겠다."

주선자는 이런 얘기를 그대로 전하며 그러지 말라고 신신당부했지만 그건 조규학의 능력 밖이었다. 안 할 수 있다면 진즉에 안 했을 터였다.

어쩌다가 입시랑 결혼했다는 얘기까지 듣게 됐을까…… 아, 이런 게 일종의 직업병이구나.

어느 날 조규학은 불현듯 깨달았다. 가만 생각해보니 소개팅에서만 그런 게 아니었다. 오랜만에 친구를 만나도 입시 얘기를 했고 처음 보는 사람에겐 꼭 출신 고등학교를 물어봤다. 심지어 여행을 가도 유명한 관광지, 특산물, 맛집보다 그 지역에서 손꼽히는 고등학교가 먼저 떠올랐다.

이 동네는 J고등학교가 새롭게 떠오르는 신흥 강자야. 예전엔 P고등학교가 유명했지만 평준화되면서 망했고. U고등학교는 최상위권 학생들 관리를 기가 막히게 해서 최상위권 대학 진학률이 높지. E고등학교는 실력도 없이 눈만 높아서 애들이 재수를 엄청 하고 있어. B고등학교는 비교과 프로그램을 탄탄하게 잘 운영하고 있어서 눈여겨봐야 할 것 같아. Y고등학교는 볼 것도 없어, 그냥 똥통이지 뭐.

고교 프로파일 분석이 주요 업무인 조규학의 머릿속은 고등학교의 특성들로 빼곡했다. 마치 여행 가이드나 문화 해설사처럼 이 고등학교 저 고등학교를 돌아다니며 온종일 떠들 수 있는 능력이 있었다. 하지만 중학생이나 고등학생 자녀가 있는 학부모가 아니고서야 입시에 관심 있는 사람은 극히 드물었다. 특히 소개팅을 나온 여자에게는 공사장 소음이나 다름없었다.

1일 1소개팅에 앞서 이번엔 절대 입시 얘기를 하지 않겠다고 다짐했지만 소용없었다. 세 번째 소개팅에서는 상대가 똥통 고등학교를 나왔길래 조금 놀랐다가 분위기가 매우 싸해지기도 했다. 네 번째, 다섯 번째는 묻지도 않았는데 불행히도 여자가 먼저 대화를 그쪽으로 이끌었다.

"입학사정관이라면서요? 학교에서 일하면 정말 재밌을 거 같아요. 재밌는 일 없으세요? 요즘 입시는 어때요? 애들 대학 가기 정말 힘들다면서요? 수시랑 정시 중에 뭐가 더 대학 가기 편해요? 인기 많은 학과는 어디예요?"

이렇게 물어오는데 어떻게 외면한단 말인가. 정성스레 답변해주는 게 소개팅 나온 남자의 도리가 아닐까. 조규학은 물 만난 물고기가 되어 입시 얘기를 하며 유유히 헤엄쳤다.

여섯 번째는 입시 얘기를 한마디도 하지 않는 데 성공했지만 그러다 보니 대화를 거의 나누지 못했다. 한 시간 삼십 분 동안 몇 마디를 나눴는지 헤아릴 수 있을 정도였다. 그날은 콜라에 봉골레 파스타만 먹었는데도 폭음을 한 것처럼 피곤이 몰려왔다.

부푼 꿈을 안고 시작한 휴가 맞이 릴레이 소개팅은 실망만 안겨주었다. 토요일까지 만난 여섯 명 모두 반응이 미적지근했고 그건 조규학도 마찬가지였다. 나이를 먹을수록 마음에 드는 사람을 만나는 게 쉽지 않다는 걸 잘 알고 있지만 적극적으로 다가갈 마음은 선뜻 생기지 않았다. 사실 여섯 명 중 세 명에게는 예의상 애프터 신청을 했지만 구체적인 날짜까지는 잡지 못했다. 조규학은 자신에게 적잖이 실망한 나머지 자신감을 많이 잃어버린 상태였다.

여자랑 대화를 나누는 게 이렇게까지 힘들다니. 욕심 부리지 말고 한 사람이라도 제대로 만나볼걸.

"그게 누구든 심각한 결격 사유가 없으면 고민하지 말고 만나보시오. 이것저것 재다가는 다 놓치니까 일단 직진하란 말이오."

문득 한덕수 처장이 해준 말이 떠올랐다. 연애 상담을 해달라고 한 적도 없는데 지난 면담 시간에 한덕수는 난데없이 '연애 잘하는 법'에 대해 일장연설을 늘어놓았다. 처장이 젊은 시절에 많은 여자를 만나봤을 리가 없을 텐데⋯⋯ 조규학은 그런 그에게 연애 지도를 받아야 하는 자신이 한없이 처량하게 느껴졌다.

마음 같아선 마지막 소개팅은 취소하고 싶었지만 휴가 마지막 날을 혼자 보내기 싫어 술이라도 마시자는 심정으로 꾸역꾸역 나갔다. 일요일 저녁, 일곱 번째 여자와 갈매기살 식당에서 만났다. 지난 일주일 동안 느끼한 음식만 계속 먹었더니 갈매기살에 소주가 엄청 먹고 싶었고, 다행히 여자도 좋아한다며 흔쾌히 승낙했다.

조규학은 여자가 자리에 앉기 무섭게 참이슬부터 시켰다. 미안하지만 오늘만큼은 눈치를 보면서 주문하고 싶지 않았다. 갈매기살 한 점을 입에 넣는 순간 조규학의 얼굴에 옅은 미소가 퍼졌다. 여자도 갈매기살을 쉬지 않고 먹어댔고 소주를 꺾지도 않고 잔이 차는 대로 비워버렸다. 금세 소주 한 병이 날아갔고 이번엔 여자가 소주를 주문했다.

"Q대 입학팀에서 일하신다고 했죠?"

여자가 소주병을 따며 물었다.

조규학도 여자의 직업을 언급하며 안부를 묻고 싶었으나 도무지 생각나지 않았다. 다른 여자들의 직업과 뒤죽박죽되어 헷갈렸다. 간호사는 어제 만났고, 공무원이었나? 기자였나? 아니지, 기자는 월요일에 만난 사람이었어. 그럼 유치원 선생님? 일반적인 회사원? 어떻게든 떠올려보려고 안간힘을 쓰는 사이 여자가 대뜸 물었다.

"Q대는 일반고보다 특목고를 더 선호하죠? 평소에도 정말 궁금해서 꼭 여쭤보고 싶었거든요."

이 사람이 그걸 왜 궁금해하지? 혹시 자녀가 있는 돌싱인가? 아니면 지금 이 나이에 대학 진학을 꿈꾸고 있는 열정 넘치는 만학도인가? 머릿속이 혼란스러웠다.

"그게 왜…… 궁금하시죠?"

"아, 저희 반 학생이 작년에 지원했는데 똑 떨어졌거든요. 반에선 3등이었고 비교과도 탄탄해서 될 줄 알았는데 떨어져서 많이 놀랐어요."

아, 고등학교 선생님이구나. 조규학은 자포자기 심정으로 대화에 끌려 들어갔다.

"무슨 학과에 지원하셨는데요?"

"기계공학과요."

"학생부종합이요? 학생부교과요? 아니면 논술?"

"학종이요."

"기계공학과가 공대 중에선 높은 편이라서요. 반에서 최상위권에 들 정도면 붙을 법도 한데, 아쉽네요. 면접을 못 본 건 아니고요?"

"서류 광탈했어요. 그래도 W대 붙어서 다행이죠."

여자가 웃으며 잔을 비웠다.

"네? W대 갔어요?"

일상다반사이긴 하지만 Q대는 떨어지고 W대는 붙었다는 말에 조규학은 조금 놀랐다.

"네, W대 기계공학과요. 더 잘됐죠 뭐. 하하하."

여자가 살짝 비웃는 것 같아 조규학은 은근히 기분이 상했고 굳이 안 해도 될 얘기를 꺼냈다.

"올해 W대 기계공학과가 구멍이 났나 보네요."

"그건 아니죠. 저는 W대가 학생을 잘 선발하는 거라고 봐요."

여자가 자기 잔에 소주를 채웠다.

"Q대가 지나치게 특목고를 선호하는 게 아닐까 싶고요. 그런 소문 많던데?"

조규학은 소개팅이라는 것도 잊고 차갑게 말했다.

"그런 소문은 대부분 출처가 불명확하죠. 학원에서 퍼뜨린 유언비어이거나 맘 카페를 돌아다니는 근거 없는 소리가 아닐까요? 평가자마다 선호하는 고교 유형이 다를 순 있지만 어느 학교든 학생이 우수해야 좋은 평가를 받을 수 있는 거죠. 아무리 특목고라도 꼴찌에게 좋은 점수를 주는 사람은 없을 것 같은데요."

"꼴찌야 그렇겠지만, 특목고에선 어중간한 성적대도 학생부 전형으로 Q대에 합격을 많이 하는 것 같던데요. 반면 우리 학교는 상위권 학생들도 대거 떨어졌고요."

"어떤 학과를 지원하느냐에 따라 결과가 달라지기도 하니까요."

둘은 잔도 부딪치지 않고 거의 동시에 소주를 털어 넘겼다. 둘 사이에 묘한 긴장감이 감돌았다.

"학생들 학생부 꼼꼼하게 기록하기 힘드시죠?"

이번엔 조규학이 조심스럽게 공격했다.

"솔직히 거의 복사해서 붙여 넣는 거 아니에요?"

"아니요."

여자는 왜 이런 예의 없는 질문을 하느냐는 눈빛으로 쳐다봤다.

"저는 학생부 기록한다고 눈병까지 걸려봤어요."

"에이 설마……."

"진짜예요!"

여자가 인상을 팍 썼다.

"죄송해요. 친구들 중에 선생님이 꽤 있는데 대부분 대충 쓴다고 하더라고요. 그 녀석들이 문제였네요. 솔직히 학생부에 비슷한 내용이랑 표현이 너무 많기도 하고요."

조규학이 미안한 표정을 지으며 소주를 마셨다.

"물론, 정말 써줄 얘기가 없는 학생들은 어쩔 수 없이 그럴 때도 있어요. 맨날 보는데도 뭐라고 써줘야 할지 도무지 생각이 안 나는데 어쩌겠어요."

갈매기살 한 점을 집어 먹은 여자가 인상을 풀고 씩 웃었다.

"그럴 땐 솔직히 복붙 좀 해요. 가끔 소설도 좀 쓰고요."

"어쩔 수 없죠. 한두 명만 가르치시는 것도 아니잖아요."

"그렇죠. 마음 같아선 모든 학생을 잘 관찰해서 써주고 싶은데, 그게 말처럼 쉽지 않아요. 누구보다 우수한 학생으로 보이게끔 마음이 가는 학생이 있는가 하면, 단 한 줄도 써지지 않는 학생도 있으니까요. 그렇다고 학생이랑 학부모가 학생부를 다 보는데 성의 없게 써줄 수는 없고, 안 좋은 얘기를 썼다가 무슨 봉변을 당할지 모르잖아요."

"선생님들이 진짜 솔직하게 써주시면 정말 흥미로울 것 같아요. 평가하기도 훨씬 쉬울 것 같고요. 얘는 진짜 별로다, 이 학생은 공부를 못하고 의욕도 없다, 수업 시간에 잠만 자는 학생이다, 다른 친구 왕따시키고 폭력적인 놈이다, 자기밖에 생각할 줄 모르는 아주 이기적인 인간이다, 뭐 이렇게요. 그럼 별로인 학생들은 금방 떨어뜨릴 수도 있고."

"그러게 말이에요. 그런데 진짜 그렇게 쓰면 아마 맞아 죽을걸요?"

둘은 웃으며 술잔을 부딪쳤다. 순간 조규학의 머릿속에 솔직했던 추천서들이 떠올랐다.

"지금은 추천서를 제출하지 않지만 얼마 전까지만 해도 대학들이 추천서를 받았잖아요. 추천서 쓰신 적 있으시죠?"

"그럼요, 다 써줬죠. 솔직히 말씀드리면, 나중엔 너무 힘들어서 학생들한테 자기 추천서를 직접 써오라고 한 적도 있어요. 귀엽게 또 알아서 잘 써오더라고요. 제가 쓰는 것보다 훨씬 구체적이라 좋은 것 같기도 했고요."

"추천서에 안 좋은 얘기 쓰신 적은 없으세요? 추천서는 학생이랑 학부모가 못 보잖아요."

"그런 적은 없어요. 싫어도 그냥 부처님의 마음으로 훌륭한 학생이라고 써줬어요. 제자 인생을 제가 망칠 순 없잖아요. 제가 보기보다 심성이 그렇게 나쁜 사람은 아니거든요."

조규학은 몇 년 전에 읽은 어떤 선생님의 추천서를 얘기하지 않을 수 없었다.

"제가 가장 감명 깊게 읽은 추천서가 있는데, 뭐였는지 아세요?"

"음…… 모르겠는데요."

"딱 한 줄이었어요."

조규학은 싱글벙글 웃었다.

"한 줄이요? 뭐라고 하셨는데요?"

"20년 넘게 교직 생활하면서 이런 양아치 같은 학생은 처음이니 귀교의 명예를 실추시키고 싶지 않으시다면 절대 선발하지 말 것을 적극 추천합니다."

"정말요? 진짜 웃기다, 그 선생님. 어느 고등학교 선생님이셨어요?"

"그건 말씀드릴 수 없죠. 개인 프라이버시가 있으니까요. 한 줄밖에 되진 않지만 임팩트가 대단한 추천서였어요. 너무 인상적이어서 잊어버리지도 않는다니깐요."

"그 학생 어떻게 평가했어요? 당연히 떨어졌겠죠?"

"네…… 그런데 고민이 되긴 하더라고요. 성적도 좋고 비교과 활동도 충실했거든요. 학생부에 기재된 내용도 정말 괜찮았어요. 솔선수범하고 타의 모범이 되는 학생이라고. 한편으로는 학생이 나쁜 게 아니라 추천서를 써준 선생님이 이상한 사람일 수도 있잖아요."

"맞아요. 저도 교사지만 학교에 이상한 사람들 정말 많아요."

"제가 고등학교 다닐 때도 별로인 선생님들 참 많았던 것 같긴 해요. 사실 대학도 마찬가지죠. 암튼 저 혼자 결정하긴 뭐해서 다른 사정관 선생님들이랑 고등학교 선생님들에게 이런 추천서가 있다며 의견을 여쭸는데, 다들 부정적이시더라고요. 뽑을 학생이 없는 것도 아니고요."

　"그렇죠. 리스크를 안고 갈 필요는 없으니까요."

　여자는 고개를 끄덕였다.

　"또 기억나는 추천서는 없으세요?"

　조규학은 기억을 더듬어 추천서들을 하나둘 떠올렸다.

　"아! 담배를 피우는 학생이라는 걸 굉장히 은유적으로 표현해주셨던 선생님도 계셨어요."

　"뭐라고 하셨는데요?"

　"이 학생에게선 제 아버지에게서 나는 향기가 납니다."

　"와, 대박."

　"멋지죠?"

　"정말 문학적이네요. 저는 그런 추천서는 상상조차 해본 적이 없어서 정말 신기해요."

　"그런데 그 추천서가 정말 멋지다고 생각한 건 뒷부분이었어요. 그 선생님이 말씀하시길, 학생이 담배 피우는 것은 분명 잘하는 행동이라고 볼 순 없지만 학생의 어려운 집안 환경을 생각하면 그 정도의 탈선은 충분히 용인할 수 있다고 하시는 거예요.

그런 환경에서도 담배로 자기 속은 태울지언정 친구들이나 선생님들의 속은 태우지 않는다고. 누구보다 자기 주도적으로 열심히 공부하고 성실하게 학교생활에 임해서 역경 극복의 의지가 강한 학생이라고. 그 학생이 Q대 사회복지학과에 합격해서 다른 이에게 선한 영향력을 행사하기 위한 첫발을 내딛게 된다면 웃으면서 전자담배를 꼭 선물해주고 싶다고."

갑자기 울컥해 조규학이 말을 잇지 못했다. 그러자 여자가 조규학의 잔에 소주를 채워주었다.

"Q대 합격해서 그 선생님이 학생에게 전자담배를 선물해주셨겠죠?"

"그런데 나중에 궁금해서 찾아보니까 합격하고 등록은 안 했더라고요. 더 좋은 대학 갔겠죠 뭐."

"그러네요. 더 좋은 대학 갔으니까 더 좋은 전자담배 사주셨겠죠."

둘은 "짠!"을 외치며 기분 좋게 원샷을 했다.

"솔직하게 말씀해보세요. 평가할 때 학생부랑 자기소개서 다 읽진 않으시죠?"

이번엔 여자가 조규학을 은근슬쩍 떠보았다.

"무슨 말씀이세요? 처음부터 끝까지 조사 하나 빼놓지 않고 다 읽어요."

"에이, 무슨 수로 그걸 다 읽겠어요. 지원자가 한두 명도 아닌데."

"진짜예요."

조규학이 웃었다.

"학생들한테 미안해서라도 다 읽어요. 물론."

"물론?"

"물론 내신성적이 턱없이 안 좋은 학생들 것은 꼼꼼하게 보지 않아요. 비교과가 아무리 탄탄해도 절대 뽑으면 안 되는 성적대가 있잖아요. 도대체 왜 지원했는지 전혀 알 수 없는 학생들, 수시 원서를 핑계 삼아 대학에 기부하는 학생들. 그런 친구들은 미안하지만 빨리 넘어가는 편이에요. 그 힘을 다른 학생들에게 더 써야죠."

"절대 뽑으면 안 되는 성적대가 뭔데요?"

"그건 영업비밀이라 말씀드릴 수 없어요."

"영업비밀이라…… 오늘 술 더 마시고 취중진담 좀 해야겠네요."

"오, 취중진담~ 옛날 사람이다."

조규학은 혼자 낄낄거렸다.

"그렇게 말하는 님도 요즘 사람은 아니네요. 그리고 저 김동률 진짜 좋아하니까 웃지 말아줄래요?"

갈매기살 3인분에 소주 세 병을 비운 둘은 껍데기까지 시켜서 소주를 한 병 더 마셨다. 고기도 맛있고 술도 달았다. 입시 얘기를 하니 대화도 술술 잘 풀렸다. 더군다나 이번엔 조규학 혼자

떠드는 게 아니라 상대방도 얘기를 많이 해서 서로 말할 타이밍을 살펴봐야 할 정도였다. 조규학은 평소에 궁금했던 고등학교 시스템에 대해, 여자는 대학의 학생 선발 방법에 대해 캐물으며 서로 장난스럽게 물고 뜯었다. 비슷한 직군에서 일하는 친구를 오랜만에 만나 회포를 푸는 기분이었다.

둘은 근처에 있는 맥줏집으로 향했다. 마른안주가 나오기도 전에 여자는 내일 출근하기 싫다며 맥주 500cc를 털어 넘겼다. 조규학도 질세라 황금 같은 일주일 휴가가 끝나고 있다는 아쉬움에 맥주를 쭉 들이켰다. 그러곤 취기에 "사실 이번 주에 소개팅을 일곱 번 했어요" 하고 털어놓았는데 여자가 버럭 화를 냈다. 실수한 것 같아 조규학은 급히 사과했다. 그런데 여자가 화를 낸 이유는 따로 있었다. 자신은 이번 주에 세 번밖에 못해서 조규학에게 진 것 같아 분하다는 것이다.

둘은 쉴 새 없이 수다를 떨었다. 조규학은 내친김에 D대, T대, K대, U대, Q대를 비교하면서 썰을 풀었다. 어쩌다 보니 다섯 개 대학을 경험했는데, 이렇게 얘기하자니 정말 대단한 전문가라도 된 것 같아 어깨가 으쓱했다. 여자도 지치지 않고 고등학교 현장에서 벌어지는 일들을 털어놓았다. 둘의 대화는 막힘이 없었고 술은 끊이지 않았다.

그날 밤 조규학은 집으로 돌아와 후회했다. 즐겁게 먹고 마시고 놀긴 했는데 허전했다. 아무런 결실 없이 소개팅도 끝나고 휴가도 끝난 것 같았다.

다음 날, 점심을 먹고 자리에 돌아온 직후였다. 조규학이 휴대폰을 만지작거리며 일곱 번째 여자에게 메시지를 보낼지 말지 고민하고 있었다.

— 해장은 잘하셨어요?

메시지가 뜨자마자 보는 바람에 카톡 창에 1이 사라졌다. 조규학은 당황했다. 마치 자신이 메시지를 기다렸다는 듯 보일 것 같았다.

뭐라고 답장을 보내지?

심장이 갑자기 미친 듯이 뛰고 식은땀이 흘러내렸다. 조규학은 가만히 눈을 감고 마인드컨트롤을 했다.

침착하자. 어제 편하게 얘기하고 잘 놀았잖아.

그리고 천천히 메시지를 입력했다.

— 못 했어요. 어쩌다 보니 인도 카레를 먹었거든요. 해장은 하셨어요?

— 저도 못 했어요. 점심에 짜장밥이 나와서 속이 영 짜장짜장해요.

조규학은 망설이지 않고 또박또박 메시지를 썼다.

— 그럼 오늘 저녁에 같이 해장술 어떠세요?

막걸리가 땡기는 날

　　장대현 차장은 며칠째 넋 나간 표정으로 사무실을 부유하고 있었다. 출근해서 퇴근할 때까지 모니터 화면은 똑같았고 살펴보던 자료의 페이지도 그대로였다. 전화를 받다가 돌연 침묵하기도 했고 회의 도중에 갑자기 사무실을 뛰쳐나가기도 했다. 고개를 젖히고 천장에 새겨진 무늬들을 멍하니 바라보면서 시간을 죽이기도 했다. 입시 시즌은 아니어도 전형 계획을 새롭게 수립하고 모집 요강을 준비하는 건 결코 만만치 않은 일이었다. 하지만 그는 좀처럼 진도를 나가지 못했다.

　　사람들은 삼삼오오 모여 수군거렸다.

　　"장 차장님 무슨 일 있으시데요?"

　　"모르겠어요. 표정이 영 안 좋으시던데."

"이 팀에서 계속 썩고 있는 게 일이라면 일이죠."

"그거야 하루 이틀 일도 아니잖아요."

장대현은 입학팀에서만 12년째 일하는 중이다. 강산이 바뀌고도 남을 시간 동안 Q대 입학팀의 크고 작은 일을 도맡아 해왔다. Q대의 명실상부한 입학 전문가이자 입학팀 에이스로 평가받고 있었고, 오현종 팀장도 곤란한 일들은 항상 그에게 맡기고 의지했다. 사실상 대부분의 굵직굵직한 결정들은 장대현의 머리에서 나왔다고 봐도 무방했다. Q대뿐 아니라 다른 대학의 입시에도 상당히 능통해서 주요 VIP의 입시 상담은 그가 맡아 했고 적중률도 높았다.

정작 장대현은 입학팀 생활에 그리 만족하지 못했다. 교직원다운 인생을 누려보지 못한 지 오래였고 하루빨리 다른 부서로 발령이 나길 고대해왔다. 하지만 최근에는 가능하면 15년을 채우고 입학팀을 떠나야겠다는 생각을 했다. 아니, 반드시 그래야 한다고 다짐했다. 이제 갓 고등학교에 들어간 딸이 대학에 입학하는 것까진 보고 다른 팀으로 가고 싶었다. 아무래도 현업에 있으면 입시 정보를 구하기도 쉽고 감각도 남다를 터였다.

어쩌면 오현종 팀장의 뒤를 이어 입학팀장이 될지도 몰랐다. 벌써부터 차기 입학팀장에 대한 하마평이 떠돌았는데, 그중엔 장대현도 포함되어 있었다. 그래서 그가 최근 부쩍 예민해진 게 아니냐는 말도 나돌았다.

온종일 괴로운 표정으로 앉아 있던 장대현이 퇴근 직전 경지혜 책임에게 메시지를 보냈다.

— 오늘 뭐 해? 시간 괜찮으면 오랜만에 술이나 한잔하자.

퇴근 준비를 하던 경지혜는 갑작스러운 장대현의 제안을 흔쾌히 받아들였다.

둘은 Q대 국어교육학과 동기로 인연이 깊다. 학창 시절엔 술자리만 있으면 빠짐없이 참석해 그 누구보다 더 가깝게 지냈다. 그러다 장대현이 군대에 가면서 자연스럽게 멀어졌는데, 어쩌다 보니 둘 다 모교에서 일하게 되면서 다시 인연을 이어나가게 된 것이다.

경지혜는 교육학 석사를 취득한 후 초창기부터 입학사정관으로 Q대 입학팀에서 일했다. 1년 정도 경험만 쌓고 해외 유학을 갈 계획이었는데 생각보다 일이 적성에 잘 맞아서 아예 눌러앉았다. 일하면서 박사 학위까지 취득했고 서류 평가를 총괄하는 책임사정관 자리까지 올랐다. 경지혜가 입학팀에 자리 잡은 후 장대현은 학생팀과 행정실을 거쳐 입학팀에 합세했다.

장대현과 경지혜는 학교 후문 쪽 외진 골목에 자리한 술집에서 만났다. 둘이 대학 때부터 가던 역사 깊은 가게, '이런 날엔 막걸리'. 지하에 있는데다 워낙 어두침침해서 한번 들어가면 맨 정신으로 나오기 어려운 곳이다. 계단이 얼마나 가파른지 조심하지 않으면 발을 헛디뎌 떼굴떼굴 구르기 십상이었고 너무 취하면 제 발로 걸어 나오기 힘들었다. 둘도 기어서 탈출한 게 한두 번이 아니었다.

"학생들 많다고 학교 근처에선 술도 안 마시던 사람이 어쩐 일이야? 여길 오자고 하고."

"요즘 애들 술 별로 안 마시잖아."

장대현의 말처럼 가게는 썰렁했다. 옛날엔 발 디딜 틈이 없을 만큼 손님이 너무 많아 시끄러운 나머지 소리를 고래고래 질러야 겨우 대화가 되는 수준이었다. 하지만 오늘은 나지막하게 얘기하는 다른 사람의 목소리조차 똑똑히 들렸다.

"오랜만이긴 하네. 뭘 먹어야 할까."

경지혜가 메뉴판을 흥미롭게 들여다보았다.

"볼 게 뭐 있어. 김치전이랑 막걸리 한 통 시키면 되지."

장대현은 경지혜의 의견을 묻지도 않고 주문했다.

"막걸리 먼저 갖다 주세요."

장대현은 막걸리가 나오자마자 잔에 따라 목을 축였다. 그러곤 잔을 내려놓기 무섭게 또 막걸리를 따랐다. 연이어 잔을 비운 그가 또 술을 채우려고 할 때 경지혜가 막걸리를 빼앗았다.

"천천히 마셔. 무슨 일 있어? 아니, 당연히 무슨 일이 있으니까 똥 씹은 표정으로 돌아다니는 거겠지. 무슨 일인데? 와이프랑 싸웠어?"

"아냐, 아무것도 아냐."

장대현이 고개를 저었다.

"바람피우다가 걸렸어? 와이프가 이혼하재?"

"야 씨."

장대현이 노려보자, 경지혜는 '네가 노려보면 어쩔 건데?' 하는 표정으로 말했다.

"꼭 내일모레 세상 하직하는 사람 얼굴로 앉아서 아무 말도 안 하니깐 그러지. 바쁜 사람 불러놓고 입 닫고 술이나 마실 거면 혼자 마셔."

경지혜가 가방을 챙기는 척하자 장대현이 막걸리를 따라주며 말렸다.

"알았어, 알았다고. 그러니깐 일단 한잔해."

둘은 잔을 부딪치고 막걸리를 들이켰다. 김광석의 〈사랑했지만〉이 흘러나오고 있었다. 어색한 침묵을 깨고 장대현이 사뭇 심각한 표정으로 대뜸 물었다.

"너네 아들 철중이 있잖아. 중간고사는 잘 봤어?"

"응? 우리 아들? 뭐, 생각보단. 고등학교 들어가서 정신을 좀 차린 건지……."

경지혜가 웃으며 덧붙였다.

"하긴 더 내려갈 성적도 없긴 하지. 왜?"

아…… 그제야 경지혜는 장대현이 왜 죽을상으로 돌아다니는지 알 것 같았다. 경지혜의 아들과 장대현의 딸은 동갑내기였고 둘은 자녀 교육 문제로 종종 의견을 나누곤 했다. 입시계에서 잔뼈가 굵은 사람들이니 확실히 알고 있는 정보가 남달랐다. 하지만 비슷한 정보를 가지고도 생각과 판단이 너무 달라 서로 황당해하기도 했다. 경지혜가 장대현 눈치를 보며 물었다.

"령아는 성적 잘 안 나왔어?"

장대현은 숨을 깊게 들이마셨다가 천천히 내뱉었다. 경지혜가 왜 갑자기 복식호흡을 하냐며 비웃었다.

"4등급이야. 내 딸이, 4등급을 받아왔다고."

장대현은 한숨을 푹 내쉬었다.

"중간고사밖에 안 쳤잖아. 아직 등급 안 나오지 않았어?"

"선생님 괴롭히면서 이것저것 여쭤보고 내가 다 뒤져서 대충 계산해봤지."

"대단하다, 너도."

"아니, 생각보다 성적이 너무 안 나왔더라고. 좋으면 가만히 있을 텐데 답답해서 견딜 수가 있어야지."

장대현은 막걸리를 벌컥벌컥 들이켰다.

"속이 터진다, 속이 터져."

"야, 그럴 수도 있지. 이제 1학년 1학기 중간고사 쳤을 뿐이야. 앞으로 더 잘하면 되지 뭐."

"그게 말처럼 쉽냐? 너도 잘 알잖아. 처음엔 죽 쑤다가 쭉쭉 치고 올라가는 케이스는 생각보다 진짜 없는 거."

"그러길래 누가 너보고 무리해서 강남 가래?"

순간 경지혜는 말실수를 한 것 같아 입을 꾹 다물고 조용히 장대현의 잔을 채웠다.

원래 장대현은 서울이어도 학군이 그리 좋지 않은 동네에 살고 있었다. 딸이 중학교에 입학하기 전에 학군이 좋은 강남이나 목동 또는 분당으로 들어갈 계획이었으나 상황이 여의치 않아 계속 그 동네에 머물렀다. 다행히 딸은 꾸준히 최상위권을 유지할 정도로 성적이 괜찮았는데, 오히려 그 점이 장대현을 계속 찜찜하게 만들었다. 입학팀에서 우수한 학생을 많이 봐와서 그런지 딸이 우물 안 개구리처럼 보였다. 그 동네 고등학교는 매년 S대를 한 명만 보내도 감지덕지하는 수준이었기에 답답했다. '좀 더 경쟁이 치열한 곳에서 상위권 성적을 유지하면 훨씬 좋은 대학에 보낼 수 있지 않을까' 하는 생각이 머릿속을 떠나지 않았다.

아내는 여기서도 잘 해내고 있는데 환경을 바꿔서 내성적인 딸이 스트레스를 많이 받는 건 아닐지 걱정했다. 집값도 문제였다. 강남에 가려면 평수를 줄이는 건 물론 훨씬 더 열악한 집에서 버텨야 하는데, 그것도 부담이었다. 그때마다 장대현은 입학팀 경력을 앞세워 아내를 다그쳤다.

"여보, 잘하는 애들이랑 같이 있으면 령아도 자극받아서 더 잘할 거야. 사람들이 괜히 강남, 강남, 하는 게 아니라니까. 진학 정보, 학교 분위기, 학원 선생님 수준, 이런 교육 인프라가 차원이 다르다고. 같은 서울이어도 동네마다 대학 진학 수준 차이는 엄청나단 말이야. 친구들도 그래. 고등학교 친구가 평생 간다잖아. 도움이 될 만한 친구를 사귀어야지. 딱 3년만, 더도 말고 3년만 고생하자. 령아가 대학에 들어가면 다시 이 동네로 오든 다른 곳으로 가든 하면 되잖아. 맹모삼천지교라는 말도 있잖아. 여보, 날 믿어."

장대현이 강남, 강남, 강남, 노래를 부르고 다닌 끝에 장대현 가족은 강남으로 들어갔다. 하지만 장대현 부부는 딸이 받아온 고등학교 첫 성적을 보고 심한 충격을 받았다. 특목고도 자사고도 아닌 일반고에서 4등급이라니. 딸 또한 상심이 커서 학원도 가지 않고 며칠째 방에 틀어박혀 있었다. 여태껏 받아본 적 없는 성적에 누구보다 괴롭고 힘든 건 본인이었다. 아내는 이 모든 게 강남 입성을 부르짖었던 장대현 때문이라고 원망했고, 장대현은 홧김에 딸을 제대로 챙기지 않은 아내의 탓이라며 소리를 높였다.

"너무 걱정하지 마. 다 잘될 거야. 환경이 바뀌고 부담이 많이 돼서 그런 거겠지."

경지혜가 김치전을 북북 찢으며 말했다.

"야, 난 네가 부러워. 령아는 강남이니까 그렇다 치기라도 하지. 우리 아들은 똥통 학교잖아. 내가 쪽팔려서 어디 가서 말도 못 해. 아들 하나 케어도 못하면서 다른 사람들한테 이래라저래라, 감 놔라 배 놔라 하는 게 사실 말도 안 되지."

장대현은 대꾸도 없이 애꿎은 김치전만 잘게 찢었다.

"네가 예전에 나한테 돈도 많으면서 강남이나 목동으로 왜 안 들어가느냐고 물었잖아. 근데 나, 돈 별로 없어. 강남이 무슨 카페 이름이냐. 가고 싶으면 언제든 들어갈 수 있게? 물론 나도 너처럼 빚을 지면 들어갈 수 있겠지. 그런데 가면 뭐해. 가서 똑똑한 애들 밑바닥 깔아줄 게 뻔히 보이는데. 우리 아들이 무슨 바닥 장판도 아니고. 강남에서 1등 할 수 있으면 내 피를 팔고 뼈를 갈아서라도 들어갔겠지."

장대현도 그 생각을 해보지 않은 건 아니다. 하지만 자신의 딸만큼은 경쟁을 이겨내고 앞서나갈 거라는 믿음이 있었다. 아버지인 자신은 딸에게 좋은 환경만 제공해주면 된다고 생각했다.

장대현은 자책하며 막걸리를 들이켰다. 장대현의 생각을 읽기라도 한 듯 경지혜가 꼬집었다.

"나도 학부모지만 학부모들은 참 단순해. 그 동네로 이사만 가면, 그 학교만 가면, 그 학원만 가면 애들이 다 잘될 줄 알아. 맹모삼천지교 같은 소리 하고 있네. 솔직히 맹자는 어디에 내놨어도 잘됐을 거야. 될 놈은 어떻게든 되고 안 될 놈은 발악해도 안 돼."

가만히 듣고 있던 장대현이 성질을 버럭 냈다.

"그래서? 령아는 안 될 사람이라는 말이야?"

111

"아니, 말이 그렇다는 거지. 령아는 잘될 거야. 장대현 차장님 닮았으면 어련히 알아서 잘할까."

경지혜가 급히 수습했다.

"암튼 맹자가 멍청하고 노력을 안 했으면 이사를 백 번 천 번 간들 무슨 소용이 있었겠어. 똑똑하니깐 훌륭한 사람이 된 거고 덕분에 맹자 엄마도 유명해진 거지. 맹모삼천지교라는 말까지 생기고. 너도 나중에 '령아아빠강남지교'라는 말을 듣게 될지 누가 알겠냐."

경지혜는 자기가 한 말에 자지러지게 웃었다. 장대현이 무표정으로 심각하게 말을 꺼냈다.

"지혜야, 강남 애들 더 뽑자. 학업 수준이 다른 건 너도 잘 알잖아."

"장대현, 정신 차려."

경지혜의 눈빛이 달라졌다.

"일반인은 그런 얘기 마음대로 해도 되지만, 우린 그러다 감옥 가. 그리고 올해부터 학교 이름도 못 봐. 너도 알잖아. 특목고는 학생부만 봐도 티가 나는 거. 배우는 과목 자체가 다르고 애들이 하나같이 공부를 잘하니깐 표준편차도 작고. 그런데 일반고는 이제 강남이든 강북이든 서울이든 지방이든 다 똑같은 일반고야. 어차피 정시 계속 늘리고 있으니깐 처음부터 정시로 보낸다고 생각해."

경지혜는 막걸리로 목을 축이고 말을 이었다.

"솔직히 강남은 학종 아니지. 눈높이도 안 맞고. 공부 좀 한다고 하면 다 의대 갈 생각만 하잖아. 게다가 내신보다 모의고사가 더 잘 나오니깐 정시가 맞지. 사람들은 학종이 줄고 정시가 늘면 강남이나 특목고, 자사고 학생들이 더 대학 가기 힘들다고 생각하는데, 사실 꼭 그런 건 아니잖아. 평범한 일반고는 정시가 더 힘들지. 돈 있는 집에선 자녀가 원하는 학교에 붙을 때까지 재수, 삼수시키면서 서포트하는데 돈 없는 애들이 어떻게 이기겠어. 그러니까 너도 여차하면 수시는 깔끔하게 접고 정시에 올인해. 그냥 마음 편하게 '고등학교는 4학년까지다' 생각하고 령아 밀어주라고. 재수까지 각오하면 급할 것도 없잖아. 이제 1학년인데."

말은 그렇게 했지만 정작 경지혜도 아들의 내신성적이 꾸준히 오르길 간절히 기도하고 있었다. 아무리 봐도 아들은 수능을 잘 볼 스타일이 아니었다. 차라리 고만고만한 학생들이 모여 있는 학교에서 조금씩이나마 천천히 내신성적을 올리는 게 훨씬 가능성이 높아 보였다. 강남이나 목동으로 들어가지 않은 것도 그런 이유에서였다. 잘난 애들이랑 경쟁해서 피 터질 바에야 어중간한 학교에서 성적을 올려 학생부전형으로 대학을 보내는 게 합리적이라고 판단했다.

내신성적이 좋지 않으면 여섯 번의 기회가 있는 수시모집을 홀라당 날려버리는 것이나 다름없다. 그런 학생들은 대부분 자포자기하는 마음으로 아무 데나 원서를 밀어 넣거나 미친 경쟁률을 자랑하는 논술에 눈독 들이기 마련이었다. 이른바 여섯 장 모두 논술 전형에 지원하는 '6논술파'였다. 6논술파들을 볼 때마다 대학에 벽돌 쌓아주는 사람들이라며 혀를 끌끌 차왔던 경지혜는 자기 아들이 그렇게 되게 내버려둘 순 없었다. 학생부 성적이 안 좋은 걸 가지고 자신은 수시 스타일이 아니라 정시에 적합한 인재라고 착각하는, 그렇다고 해서 모의고사 성적이 특출나지도 않는 어중간한 학생이 되어선 안 될 일이었다.

이런 날엔 막걸리.

잘 갖다 붙이기만 하면 이런 날이 아닌 날이 없었다. 기분 좋은 날, 기분 더러운 날, 심심한 날, 힘든 날, 평온한 날, 비 오는 날, 해맑은 날, 흐린 날, 아들의 성적이 오른 날, 딸의 성적이 떨어진 날.

경지혜는 막걸리 잔을 만지작거리며 술집 이곳저곳을 훑어보았다. 그리고 이곳에 앉아보지 않은 자리가 없을 만큼 시도 때도 없이 술을 마셨던 학창 시절을 떠올렸다. 그땐 모교에서 일하게 될 거라곤 상상도 못 했는데…… 경지혜는 추억이 켜켜이 쌓인 학교 캠퍼스를 매일 누비는 것이 모교에서 일하는 가장 큰 장점이라고 생각했다. 반면 정말 별로인 것도 있었다. 학교가 일터이다 보니 추억을 떠올리는 날보다 학교 때문에 괴로운 날이 더 많은 것이다. 굳이 알고 쉽지 않은 모교의 민낯과 마주할 때면 마음이 쓸쓸해졌다.

"오랜만에 이렇게 앉아 있으니깐 옛날 생각 많이 나네. 참 재밌었는데, 안 그래?"

장대현은 옛날 생각 따위를 하고 있을 여유가 없는지 건조하게 말했다.

"몰라, 이제 기억도 안 나."

"네가 나 많이 따라다녔던 거 기억 안 나?"

"무슨 소리야?"

장대현의 눈이 휘둥그레졌다.

"아직도 그런 말도 안 되는 소리를 하고 다니냐? 내가 널 졸졸 따라다녔다고?"

"왜 흥분하고 그래. 아니면 아닌 거지."

경지혜는 얄밉게 웃었다.

"쓸데없는 소리 할 거면 집에 가자."

"우리 땐 솔직히 공부 하나도 안 했잖아. 물론 공부할 시국이 아니기도 했지만. 우르르 몰려다니면서 최루탄 냄새 좀 맡고 술만 퍼마셔도 다들 취직은 잘했는데. 요즘 애들은 참 불쌍해."

"불쌍하지."

"신입생 때부터 제 갈 길 찾아가려고 애쓰는 거 보면 안쓰러워."

"이 사회에서 살아남으려면 어쩔 수 없잖아. 대학에서부터 차이 나기 시작하면 나중엔 더 극복하기 힘들어져."

장대현이 막걸리를 또 시키려고 하자 경지혜가 말렸다. 이미 김치전은 동나 있었다. 경지혜는 기분이 안 좋을 때 많이 마시면 속만 버리는 거라며 타일렀다. 장대현은 "소주 한잔만 더 하자" 고 매달렸다.

"소주는 무슨. 장 차장, 얼른 집에 들어가서 와이프랑 얘기 잘 해봐. 령아 응원도 해주고."

경지혜는 한참 나이 어린 후배 다루듯 말하며 가방을 주섬주섬 챙겼다.

"지금 가장 힘든 사람이 누구겠어? 령아잖아. 이럴 때일수록 아빠가 잘 버텨줘야지. 이렇게 흔들리면 되겠어?"

장대현은 애꿎은 막걸리 뚜껑의 이음새를 뜯으며 잠자코 있었다.

"애들 어렸을 때 생각해봐. 건강하게만 자라달라고 빌었잖아. 더 좋은 대학에 갈 수 있으면 좋겠지만 부모가 해줄 수 있는 건 생각보다 별로 없어. 결국 공부는 애가 하는 거니깐. 그러니까 다그치지 말고 힘내라고 부지런히 응원만 해줘. 안 되면 우리 대학 보내. 내가 쇠고랑 찰 각오하고 뽑아줄게."

경지혜의 농담에 장대현이 정색했다.

"미쳤어? 내 딸을 이 대학에 보내게?"

"우리 대학이 어때서?"

"재수, 삼수를 해서라도 이 대학엔 못 보내. 내 딸을 아무 데나 보낼 순 없지."

경지혜가 혀를 차며 가방을 다시 내려놓았다. 저따위 소리를 듣고 가만히 있을 수 없었다.

"너 완전 양아치다. Q대가 좋다고 동네방네 다 떠들고 다니면서 네 딸은 못 보내겠다? 다른 사람 자녀 인생은 망쳐도 네 딸 인생은 망칠 수 없다 이거냐?"

"어, 못 보내. 죽어도 못 보내."

장대현은 굳게 다짐하듯 말했다.

"그런데 너 그거 알아?"

"뭐?"

"우리 처장 있잖아. 미치광이 아메바."

"어, 왜?"

갑자기 한덕수 처장 얘기가 나오자 경지혜는 호기심이 일었다.

"아메바가 자기 자식은 어디 보냈는지 알아?"

"모르지 나야."

"W대를 보냈어. W대를 보냈다고."

"진짜?"

경지혜는 처음 듣는 얘기였다.

"심지어 우리 대학이랑 W대랑 동시에 붙었는데, 거길 보냈다고. 혓바닥이 닳을 정도로 W대를 까고 다니는 인간이 자기 아들은 거길 보냈단 말이야."

다시 생각해도 어이가 없어서 장대현은 웃고 말았다.

"대박! 나 진짜 몰랐어. 넌 어떻게 알았냐?"

"만취해서 같이 택시를 탄 적이 있었는데 자랑하듯 얘기하더라. 자기는 Q대에 등록하라고 했는데 아들 녀석 고집이 보통이 아니었다면서 흐뭇해하더라고. 아마 자기가 그런 얘기를 했는지 기억도 못 할 거다."

"언제 입학했는데? 최근에? 아메바가 처장일 때?"

"아니. 아메바가 있을 때 지원했으면 난리 났겠지. 회피 제척에도 걸릴 거고. 입학처장 되기 훨씬 전이니까 6, 7년 정도 된 거 같던데. 이미 졸업했을 수도 있어."

"그랬구나. 그 말 많은 인간이 어쩐지 자식 얘기는 별로 안 하더니, 걸리는 게 있었구나. 그런데 아메바 아드님, 생각보다 잘못 갔네. 아무리 못해도 F대나 해외 대학 정도는 갈 줄 알았는데. 우리끼리 암호로 '아아'라고 부르자. 아메바 아드님."

"뭔 소리야."

"딸도 있다고 하지 않았어?"

"첫째가 딸, 아들은 둘째고. 딸은 미국 대학 나왔고."

"아메바 따님은 아딸? 아따? 아니다. 따아로 하자."

"재밌냐?"

"그런데 유명한 대학은 아닌가 봐? 딸이 미국 명문대학 나왔으면 입이 근질거려서 분명히 떠들고 다녔을 텐데."

"아빠가 저 모양인데 애도 똑같겠지. 저 인간이 교수가 된 게 기적이지."

"너도 참, 아메바가 아무리 싫어도 그렇지 애까지 욕하고 그러냐."

경지혜가 장대현을 한심하게 쳐다봤다.

"난 그래도 가끔 아메바가 안쓰럽고 그렇던데."

"어쭈? 너는 박사라서 침팬지 취급해주니까 고맙기라도 하냐?"

"아니, 그런 게 아니라, 그 사람이 사회성이 너무 부족해서 그렇지 심성이 나쁜 사람은 아니잖아. 그리고 저렇게 열심히 하는 처장 본 적 있어? 예전 처장들 생각해봐. 전 처장은 입시엔 관심 없고 수당에만 정신이 팔려 있었고, 전전 처장은 여학생은 취직이 잘 안 되니까 남학생을 많이 뽑으라고도 했잖아. 전전전 처장은 완전 성격파탄자에 심심하면 성희롱까지."

경지혜는 옛 생각을 하며 치를 떨었다.

"다시 생각해도 화가 나네. 아메바는 적어도 그런 미친 헛소리는 안 하잖아. 입시 공부도 열심히 하고. 당신은 입시하기 위해 태어난 사람, 당신의 삶 속에서 그 입시하고 있지요."

경지혜가 갑자기 노래를 부르자 장대현이 급히 말렸다.

"야, 하지 마. 조용히 해."

"아메바는 입시에 진심인 사람이야. 난 진짜 그거 하나만큼은 인정해."

"난 그게 제일 싫어. 그냥 가마니처럼 가만히 있으면 좋겠다고. 보직 교수답게 자리만 꿰차고 있으면 되는데 왜 그렇게 열정적이냐고. 학과 연구는 안 하고 맨날 입시 연구만 하니까 우리가 힘들어지는 거 아냐."

"물론 힘들지. 그래도 그 사람은 자기 할 일을 하는 거잖아. 우린 우리 할 일을 하는 거고."

"그놈의 면담은 도대체 왜 그렇게 자주 해? 일 열심히 하라면서 정작 일할 시간 다 뺏고 말이야. 지난번에는 뭐라는 줄 알아? 령아가 강남에 있는 고등학교에 들어간 건 어떻게 알았는지 자녀 교육 코치를 해주더라. 아까 네가 말한 것처럼 될 사람은 되고 안 될 사람은 어떻게 해도 안 된다 하더라고. 내 딸은 된다는 걸까, 안 된다는 걸까? 코치해주는 건지 놀리는 건지 헷갈려서 죽는 줄 알았어."

"어리숙해서 그래. 우리랑 좀 더 친해지고 싶어서 나름 다가오는 건데 그게 우릴 괴롭히는 건지도 모르는 거야. 아메바라고 놀리는 것도 자기 딴에는 재밌다고 하는 거야. 그러면 우리가 좋아할 줄 알고."

"재미? 아메바라는 말 듣고 좋아할 사람이 세상에 어딨어?"

"그래도 사람들이 기분 나빠할까 봐 농담이라면서 친절하게 알려주잖아. 갑질 아니라고. 나름 젠틀맨이야."

경지혜가 웃자 장대현도 덩달아 피식 웃었다.

"사람 때리면서 '지금 이거 폭력 아니고 마사지예요' 하면 다 되는 거야?"

"암튼 모르긴 몰라도 우리 아메바 처장님은 전생에 나라를 구했을 거야. 그러니 여기 교수도 하고 있지. 내 아들도 전생에 나라를 구했으면 좋겠다. 그럼 교수님이 될 텐데."

"너 닮았으면 쉽지 않겠다."

장대현이 코웃음을 쳤다.

"그런 너는? 나랑 와이프 둘 다 여기 출신이잖아. 그럼 딸도 Q대가 딱이지."

경지혜가 받아쳤다.

"그건 너도 마찬가지지."

"아이고, 내 아들이 우리 대학만 들어와봐라. 나야 감지덕지지. 나, 돈 안 받고도 일할 수 있어. 아니, 삼보일배하면서 출근할 거야."

"삼보일배 같은 소리 하고 있네."

"너희 부부는 본인들도 해내지 못한 걸 애한테 바라는 건 좀 염치없지 않니?"

"우리가 못 이룬 걸 딸한테 바라는 것도 안 되냐?"

"어련하시겠어요. 너 나중에 혹시 입학팀장 되면 오늘 했던 얘기 내가 두고두고 물고 늘어질 거야. 각오해."

"팀장은 무슨."

둘은 티격태격하며 술집에서 빠져나왔다. 장대현이 한잔 더 하자고 보챌까 봐 경지혜는 서둘러 택시를 잡았다.

아들 걱정은 별로 하지 않는 쿨한 엄마처럼 행동했으나 경지혜도 걱정이 이만저만이 아니었다. 경지혜 또한 장대현처럼 아들의 중간고사 성적을 계산해 등급을 산출해봤다. 3등급 언저리였다. 정말 애매한 점수였다. 치고 올라가고 싶어도 1, 2등급 학생들이 버티고 있으니 쉽지 않고, 그렇다고 공부를 포기하자니 아까웠다. 택시 등받이에 몸을 파묻고 있으니 아들의 모습이 눈앞에 아른거렸다. 어떻게든 성적을 올려서 1, 2등급을 아들 이마빡에 딱 찍어줘야 마음이 놓일 것 같았다. 집에 거의 도착할 즈음 아들에게 전화를 걸어 따발총을 쏘았다.

"아들, 학원 잘 갔다 왔어? 숙제는? 유튜브 보지 말라고 엄마가 분명히 말했어, 안 했어? 너 정말 그러면 휴대폰 없애버릴 거야. 알겠니?"

"엄마, 그런데 아이패드 언제 사줄 거야? 3등급 받으면 사준다고 했잖아."

경지혜는 머리가 지끈거리고 속이 울렁거리는 느낌이었다. 약속을 한 건 맞지만 고작 3등급에 저렇게 당당하다니. 그런 경지혜의 마음도 모르고 아들이 밝은 목소리로 말했다.

"엄마, 2등급 받으면 뭐 사줄 거야? 컴퓨터 새걸로 사줄 거야?"

그, 그래. 2등급만 받아오면 내가 뭔들 못 사주겠니. 1등급만 받아 와봐. 슈퍼컴퓨터라도 사줄 테니까.

택시에서 내린 장대현은 집으로 들어가려다가 발길을 돌렸다. 빈손으로 들어가고 싶지 않았다. 딸이 좋아하는 배스킨라빈스를 가려고 무작정 발걸음을 옮겼다.

가게를 찾아 돌아다니며 딸의 시나리오를 계속 떠올려봤다. 중간고사는 망쳤지만 기말고사에서 만회해 1학년 1학기 최종 성적을 3등급까지 올린다. 1학년 2학기는 2등급, 2, 3학년엔 1등급. 그럼 1, 2, 3학년 성적을 2 대 4 대 4 비율로 산출하면 최종 성적은 1등급 중후반도 가능하다. 주요 교과를 전략적으로 공략해서 성적을 올리면 1등급 중반까지도 넘볼 수 있다. 그렇게 생각하니 마음이 한결 가벼워졌고 자신이 지나치게 걱정하고 있는 것처럼 느껴졌다. 경지혜의 말처럼 오늘은 집에 가서 딸이 더 힘낼 수 있게 응원해줘야겠다고 다짐했다.

아직 이사 간 동네가 익숙지 않아 가게를 찾아 좀 헤매야 했지만 상관없었다. 딸의 성적이 앞으로 가파르게 올라갈 걸 생각하면 화성까지라도 가서 케이크를 구해올 수 있을 것 같았다. 케이크 이름조차 마음에 쏙 들었다. '엄마는 외계인 아빠는 딸바봉'.

그래, 네 엄마는 외계인이지만 아빠는 너만 생각하는 딸바보야. 아빤 령아 너만 잘되면 돼.

장대현은 케이크를 두 손으로 감싸 안고 집으로 향했다.

"사랑스러운 우리 딸 령아야. 아빠랑 아이스크림 먹자."

장대현은 취기에 애교를 부리며 집 안으로 들어섰다. 아내와 딸은 장대현을 기다리기라도 한 것처럼 거실에 우두커니 서 있었다. 며칠째 방에 틀어박혀 있던 딸의 얼굴을 보자 그간의 마음고생이 씻은 듯이 해소되는 것 같았다.

"령아가 할 말 있대."

아내가 근심 가득한 표정으로 딸을 바라보며 말했다. 덩달아 장대현도 딸을 주목했다. 딸이 머뭇거렸다. 장대현이 온화한 표정으로 한 걸음 다가갔다.

"령아야, 괜찮아. 하고 싶은 얘기 다 해. 아빠가 다 들어줄게."

"아빠, 다시 우리 동네로 돌아가자. 나 여기 너무 싫어."

그러곤 딸이 방으로 들어가버렸다. 장대현은 아주 잠깐 정지 상태로 서 있었다. 그러다 일그러진 표정으로 소리를 질렀다.

"안 돼!"

어느새 아이스크림 케이크는 장대현의 발밑에서 나뒹굴고 있었다.

우리 사랑의 유통기한은

안수현 입학사정관이 A고등학교에 도착했을 땐 이미 해가 이름 모를 야산으로 넘어가고 있었다. 잔디가 듬성듬성 깔린 운동장으로 시계탑 그림자가 길게 가르고 동네 어르신 몇 분이 운동장을 둘러싼 황토색 트랙 위를 천천히 걸어다녔다. 오래된 2층 건물 한 동뿐인 조용한 시골 학교. 색이 바랜 학교 담벼락 에는 무궁화가 잔뜩 그려져 있었고 그 위로 학생들 동기부여를 위한 글귀들이 줄지어 적혀 있었다.

피할 수 없으면 즐겨라.

안수현은 글귀를 읽으며 피식 웃었다. 즐길 수 없으면 피하는 게 상책인 시대에 이런 글귀 따위가 애들한테 먹힌다고 생각하 는 건가.

5월이 오고 본격적인 홍보 시즌이 시작되었다. 입학팀은 서울을 비롯해 전국의 고등학교를 돌며 학생, 학부모, 교사를 만나 학교를 홍보하고 입시를 안내했다. 역마살이라도 낀 것처럼 가방 하나 들고 전국을 떠돌아다녔다. 심할 때는 이 학교 저 학교 방문하느라 일주일 내내 사무실에는 들어오지 못하기도 했다. 몸은 힘들지만 돌아다니는 걸 즐기는 사람은 이 시즌을 더없이 좋아했다. 설명회를 끝내고 그 지역 맛집을 찾아다니는 재미도 쏠쏠했다.

하지만 금요일 오후 6시에 예정된 지방 고교 방문 입학설명회를 즐길 사람은 없었다. 제주도 출장이라면 부스러기라도 주워 먹으려는 하이에나처럼 덤벼들더니 모두 갖은 핑계를 대고 피했다. 더군다나 A고등학교는 기차로 가긴 애매하고 서울에서 버스로 두 시간을 가서 또 택시를 타고 30분 정도 더 들어가야 하는 외진 곳에 있었다. 설명회를 마치고 돌아가면 집에는 자정 즈음에야 도착할 터였다. 원래 배정되어 있던 최성관 선생이 갑자기 사정이 생겼다고 휴가를 쓰는 바람에 대타가 필요한 상황이었다. 평소 같으면 모르는 척했겠지만 안수현은 마지막 입학설명회가 될 수도 있다는 생각에 바람도 쐴 겸 자원했다. 5월 말일자로 계약 종료를 앞두고 퇴직 전 남은 휴가를 다 소진할 계획이 있었는데도 불구하고.

안수현은 고등학생들에게 조금이라도 도움이 될 만한 조언을 해준다는 것이 입학사정관이라는 이 직업의 큰 매력이자 보람이라고 생각했다. 물론 선생님이 작년 입시 결과에 불만을 품고 황소처럼 달려들면 대단히 곤혹스럽기도 했지만. Q대는 안수현이 M대, C대를 거쳐 입학사정관으로 일한 세 번째 대학이었다. 입학사정관이 되기 전엔 고등학교에서 계약직 교사로 2년 동안 학생을 가르쳤다.

더도 말고 정확히 2년씩.

2년은 참 애매한 시간이었다. 적응할 만하면 떠나야 했다. 뭘 했는지 돌아보면 똑 부러지게 말할 만한 게 없었다. 그렇다고 뭘 안 한 것도 아니었다. 여러모로 그저 그런 시간이었다. 2년짜리 유목민 삶에 익숙해졌다고 생각했는데 막상 또 다른 직장을 구하려니 가슴이 답답해졌다.

"수현 쌤, J대 입학사정관 공고 떴어요. 한번 봐봐요."

막역하게 지내던 홍지원 입학사정관이 정보를 물어다 줬을 때 순간 울컥했다.

"고마워요, 쌤. 그런데 저 한동안 구직 안 하려고요."

"왜요?"

"그냥 좀 쉬려고요. 사정관 일이 지겹기도 하고 계속 이렇게 이 대학 저 대학 떠돌면서 사는 게 맞나 싶어서요. 이 직업에 미래가 있나 의심도 들고요. 다들 학종을 불신하면서 줄이라고 난리고, 실제로도 계속 줄이고 있잖아요. 머지않아 학생 수도 엄청 줄어든다면서요. 솔직히 교육계 자체를 떠나야겠다는 생각도 해요. 아주 지긋지긋해요."

"맞아요, 쌤. 너무 지긋지긋해요."

홍지원도 슬픈 표정으로 동의했다.

"암튼 이래저래 복잡해서 여행이나 다니면서 쉬려고요."

안수현은 이 얘기를 지난 일요일 와인 바에서 이원석 대리에게도 했다. 한마디를 덧붙여서.

"그리고 우리도 이제 그만하자."

"수현아, 무슨 소리야?"

느닷없는 이별 통보에 이원석은 떨리는 손으로 와인 잔을 매만졌다. 동갑내기인 둘은 안수현이 Q대에 입사하고 3개월 만에 연애를 시작했다. 어지간하면 사내 연애는 피하고 싶었는데 앞뒤 가리지 않고 들이대는 이원석에게 그만 마음을 빼앗기고 말았다. 철저한 비밀 연애였고 다행히 아직까진 아무도 눈치채지 못한 것 같았다.

이원석은 결혼을 원했지만 안수현의 인생 목록에는 결혼이 없었다. 안수현도 20대 중반까지는 당연히 결혼할 거라고 생각했지만 계약직으로 여기저기 떠돌아다니면서 생각이 조금씩 바뀌었다. 어딘가에 꼭 정착할 필요도, 누군가와 평생을 함께할 필요도 없다고 말이다.

"솔직히 너 이러는 거……."

이원석이 잠시 숨을 고르며 조심스레 얘기를 꺼냈다.

"상처받을까 봐 먼저 피하는 거 아니야?"

"네 말대로 내가 지레 겁먹고 피하는 걸 수도 있어. 기대하다가 상처받는 게 싫어서. 그런데 그게 잘못된 거니?"

안수현은 이원석이 말할 틈을 주지 않고 몰아붙였다. 목소리톤이 더 높아졌다.

"너도 알잖아. 팀장이 잊을 만하면 무기계약 전환 얘기 꺼냈던 거. 나뿐 아니라 사정관 쌤들한테 다 그랬잖아. 조금만 더 열심히 하면 무기계약직이든 정규직이든 전환해줄 것처럼 말만 번지르르하게. TO 자체도 없고 그런 역사도 없다는 걸 뻔히 아는데 도대체 왜 그래? 지금 있는 사람들 내쫓고 자리를 만들어줄 것도 아니면서 진짜 그러면 안 되는 거 아니니?"

"그거야 동기부여 한답시고 그냥 하는 소리지. 팀장은 나한테도 맨날 그래. 열심히 안 하면 과장 못 달 거라고 협박이나 하고. 이제 겨우 대리 단 사람한테 할 소리는 아니지."

"동기부여? 그렇게 말하면 누가 미친개처럼 열심히 일할 줄 알아?"

"수현아, 내가 그랬어? 왜 나한테 그래? 너도 알잖아. 이 조직 보수적이고 답답한 거. 어차피 노답이니까 그냥 무시하라고 했잖아."

이원석이 억울한 표정을 짓자 안수현의 얼굴은 더욱 구겨졌다.

"알아. 그래서 무기계약 전환도 기대 안 했어. 솔직히 무기계약직이든 정규직이든 시켜줘도 안 해. 더럽고 치사해서 안 한다고."

안수현은 와인을 맥주 마시듯 벌컥벌컥 들이켰다. 이원석도 질세라 잔을 비우더니 푸념하듯 말했다.

"나도 진짜 그만두고 싶어."

"내 앞에서 그런 얘기 그만하라고 했지."

안수현이 이원석을 노려보았다.

"진짜 그만두고 싶으면 딱 그만둬. 계속 징징거리지만 말고. 맨날 다니기 싫다, 도저히 못 다니겠다, 그만두고 싶다 그러는 거 지겨워. 그 말 듣는 내가 지겨워 죽겠다고 아주. 그리고 너 어차피 그만둘 생각도 없잖아."

"진짜 있어. 왜 없다고 생각해?"

"그럼 그만둬."

"3개월 뒤에 그만둘 거야."

"또 그 소리. 맨날 3개월, 3개월. 너 그 소리만 벌써 몇 번째니? 왜? 다음 달, 아니 지금 당장 그만두면 하늘이 무너지기라도 하니?"

이원석은 한숨을 쉬며 잔을 채웠다. 그만둔다는 말만 반복하고 있는 자신도 답답했다. 하지만 어쩌겠는가. 부지런히 다른 직장을 두들겨봐도 그에게 문을 활짝 열어주는 곳은 없었다. 서류를 통과하고도 입시 일정과 겹쳐 면접을 보러 가지 못한 적도 있다. 그렇다고 누울 자리 없이 과감하게 학교를 떠날 자신도 없었다.

"너 예전에 나한테 뭐라고 그랬어? 정년까지 아무 문제 없이 다닐 수 있는 게 답답하다고? 미래가 너무 뻔히 보여서 미칠 것 같다고? 선배들처럼 늙어갈까 봐 겁난다고? 2년마다 여기저기 돌아다닌 나한테 그게 할 소리야?"

"미안해. 그런데 그, 그건 진심이야."

이원석은 억울하고 미안한 마음에 또 와인을 들이켰다.

평생 공무원으로 살아온 아버지는 "나이 60만 되면 네가 승자야"라며 까불지 말라고 했지만, 그때까지 어떻게 기다린단 말인가. 그리고 그때 과연 웃을 수 있을까. 인구는 계속 줄고 연금도 곧 고갈된다는데. 친구들도 그 좋은 회사를 왜 계속 때려치우려 하느냐고 난리였다. 서로 직장을 맞바꾸자는 녀석도 있었다. 좋은 회사? 그런 회사가 있을까? 다른 직원들은 대체로 만족하면서 잘 다니는 것 같았다. 하지만 한 번뿐인 인생을 학교에서 고스란히 썩힌다고 생각하면 가슴이 답답해져 오래전에 끊은 담배가 다시 피우고 싶어졌다.

"암튼 지금 그게 중요한 게 아니잖아."

"그럼 뭐가 중요한데?"

"중요한 건 우리잖아. 네가 이 학교를 떠나는 거랑 우리가 헤어지는 거랑 무슨 상관이냐고."

"내가 몇 번을 얘기해. 우린 이제 유통기한 끝났다니깐."

"무슨 유통기한!"

이원석이 흥분해 대뜸 소리를 질렀다. 사람들이 일제히 둘을 쳐다봤다. 순간 노래조차 잦아든 듯했다. 안수현이 포크로 치즈를 찍어 누르며 조용히 말했다.

"우리, 유통기한, 끝났다고."

"우리가 무슨 우유야?"

"어, 맞아. 우유야. 처음 얼마 동안은 괜찮을 거야. 상했는지 안 상했는지 알지도 못하면서 좋다고 마시겠지. 그런데 시간이 흐르잖아? 그럼 맛도 모양도 질감도 다 변해버려서 쳐다보기도 싫을걸? 그러니깐 서로 보기 좋을 때 그만하자."

이원석은 머리를 감싸 쥐었다.

"나 먼저 갈게. 학교에선 평소처럼 잘 지내자. 며칠만 더 참으면 되잖아."

안수현은 이원석을 버려두고 매몰차게 가게를 나왔다.

안수현은 A고등학교의 운동장을 가로지르며 진학 담당 교사에게 전화를 걸었다. 그런데 그 선생님은 자신은 이미 퇴근했다며 건물 2층의 시청각실에 가면 학생들이 있을 거라고 알려주고는 전화를 툭 끊었다.

좀 더 이른 시간에 설명회를 해달라고 할 땐 안 된다더니 정작 당신은 퇴근했단 말이야? 어이가 없어서 짜증이 치밀어 올랐다. 담당 선생님조차 관심 없는 이런 고등학교에서 진학 실적이 좋을 리 없다. 준비해 간 A고등학교의 자료를 다시 들춰봤다. 3학년 학생 수가 50여 명뿐인 작은 학교이긴 했지만 최근 3년간 Q대에 합격한 학생은 한 명도 없었고 지원자는 매년 한두 명에 불과했다. 보나 마나 다른 대학 진학률도 형편없을 것이었다.

시골이든 도시든 학생들의 대학 진학에 관심 없는 학교도 있기 마련이었다. 관심이 없으니 관리하지도 않고, 그러니까 대학 진학률이 낮고, 자연스럽게 관심이 떨어지는 악순환이 반복됐다. 이런 학교에서 진학이나 진로 담당도 아니면서 갑자기 다가와 살갑게 말을 건네는 선생님은 십중팔구 자녀가 고3이거나 고2인 부모였다.

관심도 없으면서 도대체 왜 부른 거야? 부른다고 세 시간이나 걸려서 온 나는 또 뭐고? 안수현은 이제 정말 대학을 떠나야겠다고 한 번 더 다짐했다. 돌아가는 버스 시간표를 다시 확인하는데 휴대폰이 울렸다. 이원석이었다. 휴대폰을 주머니에 넣고 건물의 중앙현관으로 들어갔다. 학교의 교훈, 교가, 역사 등이 중앙현관 벽면에 일목요연하게 적혀 있었다. 교훈은 '잘 살자'였다. 잘 살자? 단순하지만 명쾌한 교훈이 마음에 들어 안수현은 교훈을 향해 엄지를 치켜세웠다. 교목은 무궁화였다.

그래서 담벼락에 무궁화 그림을 무자비하게 그려놨구나.

안수현은 두리번거리며 2층으로 올라갔다. 학생들은 이미 다 집에 간 건지 공부를 하는 건지 매우 조용했다. 들리는 건 안수현의 발소리뿐이었다. 오늘 여고괴담 찍는 거 아냐? 2층으로 올라간 안수현이 두리번거리며 조심스레 복도를 살폈지만 아무도 없었다. 창문 너머의 교실은 어두컴컴하기만 했다. 하필 시청각실은 복도 제일 끝에 있었다. 자신도 모르게 침을 꼴깍 삼켰다. 수시로 뒤돌아보면서 3학년 교실을 지나 시청각실을 향해 천천히 나아갔다.

애들 없으면 뒤도 안 보고 돌아가야지.

시청각실 문을 조심스레 열었다. 다행인지 불행인지 남학생 두 명과 여학생 한 명이 차분하게 앉아 있었다. 고작 세 명? 내가 애네들에게 입학설명회를 하려고 여기까지 온 거야? 황당한 얼굴로 교실에 들어서자 여학생이 다가와 사과 주스와 빵을 건넸다.

"선생님, 먼 길 오시느라 고생 많으셨어요. 이거 드세요."

"어어, 고마워요."

안수현은 얼떨결에 주스와 빵을 받았다.

"식사 못 하셨죠? 먼저 드시고 천천히 해주셔도 돼요."

"아, 아니에요. 설명회 하고 먹어도 돼요."

안수현은 준비해 간 PPT를 켜고 설명회를 시작했다. 설명회는 크게 학교 홍보와 입학전형 안내로 나뉘었고, 홍보는 철면 피 깔고 대놓고 학교를 자랑하는 거였다. Q대는 인큐베이터에 있는 연약한 신생아를 다루듯 학생들을 철저히 관리하면서 보살펴주고, 교수들은 지금 당장 노벨상을 받아도 손색이 없을 만큼 훌륭하고, 학생들은 쓰러져도 다시 일어서는 오뚝이처럼 실패를 두려워하지 않고 끊임없이 도전하고, 동문들은 우리가 뒤로 자빠져도 아무런 문제 없이 받아주는 침대처럼 푹신하고 든든하다는 식이다. 그래서 그 누구든 우리 학교를 졸업하기만 하면 스티브 잡스나 일론 머스크 뺨치는 세계적인 인재가 된다는…….

안수현은 학교를 홍보하면 할수록 민망해져서 가능하면 빨리빨리 진행했다.

"어차피 앞부분은 학교 자랑이니까 넘어가도 괜찮죠? 궁금한 건 따로 설명해줄게요."

안수현은 시간을 단축하려고 홍보 파트를 건너뛰었다.

"대신 농어촌학생전형을 자세히 설명해줄게요. 알다시피 여러분은 농어촌 읍면 지역에 살고 있으니까 다른 전형은 고민할 필요가 전혀 없어요. 수시로 여섯 번 지원할 수 있잖아요. 여섯 번 모두 농어촌학생전형으로 지원하세요. 만약 수시에서 다 떨어지면 정시에서도 무조건 농어촌전형으로. 선발 인원이 적지만 지원할 수 있는 풀 자체도 적으니깐 훨씬 유리해요. 알겠죠?"

안수현은 농어촌특별전형에 대해 집중적으로 설명했다. 지원 자격만 충족되면 이 전형으로 지원하는 게 유리했다. 괜히 일반전형으로 지원해서 서울이나 도시 학생들과 경쟁할 필요가 없었다. 이런 걸 알고 자녀가 중학교에 입학하기 전에 일부러 농어촌 지역으로 이사 가는 사람들도 있었다. 실제론 이사하지 않고 가까운 농어촌 지역으로 위장전입을 하기도 했다.

문득 안수현은 M대에 있을 때 농어촌 지역 실태 조사를 나간 기억이 떠올랐다. 막상 가보니 비닐하우스이거나 폐가여서 충격을 받은 적이 있었다. 집 주소가 비행기 활주로인 곳도 있었다. 한번은 초가집에 연로한 할머니가 혼자 살고 있었는데 그 학생과는 아무 관계도 없는 사람이었다. 면사무소에 확인한 결과 그 집에만 서로 다른 세 가족이 살고 있었다. 면사무소 직원은 어떻게 된 일인지 모르겠다면서 이렇게 덧붙였다. 이런 시골은 이장한테 돈 몇 푼만 손에 쥐여 주면 전입신고는 일도 아니라고.

가끔 그때를 떠올리면 기가 차서 고개를 절레절레 젓곤 했는데 지금도 그런 사람들이 분명히 있을 테고, 또 아무 문제 없이 대학에 입학하고 있을 거라는 생각에 씁쓸해지곤 했다. 대학은 매년 농어촌 지역 실태 조사를 해서 위장전입자를 색출할 만한 능력이 없었다. 솔직히 입학사정관이 경찰도 아니고 지원자의 집에 무작정 찾아가 진짜 살고 있는 게 맞는지 확인할 방도도 없었다.

"친구들은 진짜 농어촌학생 맞죠? 무늬만 농어촌학생 아니죠?"

안수현의 생뚱맞은 질문에 학생들은 당황했다. 안수현은 실태 조사를 갔던 얘기를 들려주려다가 말았다. 순수한 영혼들을 더럽혀선 안 될 일이었다. 여학생은 안수현의 얘기를 빨아들이듯 집중했고 남학생들은 여학생에게 정신이 팔려 있었다. 아무래도 남학생들은 여학생을 따라온 것 같았다. 그 모습이 귀여워서 안수현은 장난을 쳤다.

"남자 친구들도 내 얘기 좀 들어줄래요? 그렇게 쳐다보다가이 친구 얼굴 다 닳겠어요."

학교 홍보를 빼먹어서 설명회는 30분 만에 끝났다. 궁금한 게 있느냐고 물어봤더니 여학생만 계속 질문하는 바람에 일대일 상담이 되었다. 남학생들은 대놓고 휴대폰을 보면서 설명회가 어서 끝나길 기다리고 있었다.

"선생님, 제가 담임선생님한테 부탁드려서 입학설명회를 해달라고 했어요. 저 때문에 먼 길 오시게 해서 죄송해요. 인터넷으로 찾아보긴 했는데 궁금한 게 많더라고요. 원래 다른 친구들도 오겠다고 약속했었는데 다 집에 갔어요."

여학생의 진심 어린 말에 안수현은 짜증을 낸 자신이 한심하게 느껴졌다.

"아니에요, 잘했어요. 학생이 부르면 우리가 가야죠."

"저, 꼭 Q대 가고 싶어요."

"무슨 소리예요? 꿈을 크게 가져야지. Q대 말고 W대나 O대를 가요. 아니, 이왕 가는 김에 훨씬 더 좋은 S대를 가야지, S대."

"선생님 진짜 재밌는 분 같아요."

"농담 아니에요. 공부 열심히 해서 꼭 S대 가요."

안수현이 두 주먹을 불끈 쥐었고 둘은 함께 웃었다.

"학생 성적이 어떤지 물어봐도 돼요?"

안수현이 조심스럽게 묻자 여학생은 남학생들 눈치를 보며 1, 2, 3학년 성적을 차례대로 말해줬다. 아쉽게도 성적이 아주 좋은 편은 아니었다. 그렇다고 인서울 대학을 쉽게 포기할 만한 성적대도 아니었다. 한마디로 애매했다.

"아직 기말고사 남았으니깐 끝까지 최선을 다해봐요. 가고 싶은 학과는 있어요?"

"네, 교육학과요."

"오, 정말?"

안수현은 여학생에 대한 호감도가 급상승했다.

"저도 교육학과 나왔어요."

"진짜요?"

학생의 눈이 더욱 초롱초롱해졌다.

안수현은 그 아이에게서 어릴 적 자신의 모습을 보는 것 같았다. 호기심 가득한 눈빛과 꿈을 향한 순수한 열정 그리고 꿈을 이룰 수 있을 거라는 근거 없는 확신. 안수현은 고등학교 3년 동안 한 번도 빠짐없이 장래희망 기재란에 '학교 선생님'이라고 적었다. 선생님이 될 거라는 사실을 의심해본 적도 없었다. 하지만 안수현은 몇 번의 임용고시에서 고배를 마시고 기간제 교사로 일하면서 학생을 가르치는 일에 환멸을 느꼈다. 그때 미련 없이 떠났어야 했는데, 배운 게 도둑질뿐이라 교육계의 울타리를 벗어나지 못했다.

"선생님이 되고 싶어요?"

"아니요."

안수현은 조금 놀란 표정으로 다시 물었다.

"그럼 교육학자가 되고 싶은 거예요?"

"아니요."

"그럼?"

"저…… 선생님처럼 되고 싶어요."

학생이 부끄러워하며 말했다.

나처럼 되고 싶다고? 안수현은 당황스러워서 말문이 막혔다.

"선생님처럼 입학사정관이 되고 싶어요. 정말 보람 있고 멋진 일인 것 같아요."

학생의 표정은 더없이 해맑았다.

전국 곳곳의 고등학교를 돌아다니며 수많은 학생을 만나왔지만 입학사정관이 되고 싶다는 학생은 처음이었다. 하마터면 이 직업을 장래희망으로 삼으면 안 된다고 따끔하게 혼낼 뻔했다. 모름지기 꿈은 더 크게 가져야 한다는 말이 혀를 간지럽혔다. 안수현은 침을 꿀꺽 삼켰다. 그리고 그 학생이 궁금해하는 것들을 친절히 설명해줬다.

안수현은 학생들과 함께 시청각실 불을 끄고 건물 밖으로 나왔다. 이미 운동장은 어둠에 잠긴 지 오래였다. 네 사람은 운동장을 가로지르며 천천히 걸었다. 도시에서만 살아온 안수현은 문득 시골 학생들의 삶이 어떤지 궁금해 이것저것 물어봤다. 학생들은 커서 도시에서 살고 싶다고 했다. 시골은 너무 답답하다고.

시골도 답답하구나. 도시도 답답하긴 마찬가진데…….

넷은 학교 정문에서 인사하고 헤어졌다. 학생들은 가는 길에 치킨을 먹을 거라고 했다. 안수현도 집에 가면 야식으로 치맥이나 해야겠다고 생각하며 담벼락 아래로 나란히 걸어가는 학생들의 뒷모습을 물끄러미 바라보았다. 그리고 나지막하게 속삭였다.

"이왕 할 거면 정규직이 돼."

직접 얘기해줄 걸 그랬나. 잠시 후회했지만 그러지 않길 잘한 것 같았다. 안 그래도 공부와 입시 때문에 머릿속이 복잡한 친구를 더 괴롭게 만들 필요는 없었다. 담벼락에 적혀 있는 글귀가 또 눈에 들어왔다.

진정으로 원하면 꿈은 이루어진다.

안수현은 이번에도 피식 웃었다. 이젠 저런 글귀를 보면 동기부여가 되기보단 힘이 쭉 빠졌다. 불과 몇 점 차이로 누군가는 선생이 되고 누군가는 아무것도 아닌 사람이 된다는 걸 받아들이기 힘들었다. 오랫동안 암흑 속에서 갈 길을 찾지 못해 허덕였다. 어쩌면 지금도 기나긴 터널을 완전히 빠져나오지 못한 채 헤매고 있는지도 몰랐다.

안수현은 이미 시야에서 멀어진 학생들에게 말하듯 혼잣말을 했다.

"꿈을 이루면 더 좋겠지만, 설령 못 이루더라도 잘 살자. 너희 학교 교훈처럼."

휴대폰을 보니 부재중 전화 세 통이 찍혀 있었다. 이원석이었다. 메시지도 많이 와 있었지만 그냥 무시했다. 안수현은 몇 번이나 콜택시를 부르려 했다. 그러나 잡히지 않았다.

이러다 여기서 자고 가는 거 아냐? 마땅한 숙소도 안 보이는데.

확실히 시골은 빨리 잠드는 것 같았다. 드문드문 서 있는 가로등 불빛 말고는 의지할 곳이 없었다. 안수현이 초조해져 이리저리 발걸음을 옮기는데, 길고양이 한 마리가 어둠에서 스윽 흘러나와 또 다른 어둠 속으로 유유히 사라졌다. 다급해진 안수현은 고양이를 따라 무작정 발걸음을 옮겼다.

그때였다. 길모퉁이에 있는 편의점 너머에서 빛 한 줄기가 나타나더니 안수현을 향해 방향을 틀었다. 택시인가 싶어 봤는데 아니었다. 낙심한 안수현이 다시 휴대폰을 매만졌다. 그런데 어쩐 일인지 빛은 스쳐 지나가지 않고 안수현의 구두를 밝히며 머물렀다. 조수석 창문이 서서히 열렸다.

이원석이었다.

순간 안수현은 안도하는 마음에 "살았다"라고 말할 뻔했다. 얘가 어떻게 여기까지 온 거지? 재빨리 조수석 문을 열고 차에 타고 싶었지만 차마 그럴 수 없었다. 헤어지자고 냉정하게 말한 게 누군데, 염치없이 어떻게 내 손으로 이 차의 문을 연단 말인가. 이원석이 창밖으로 고개를 삐죽 내밀었다.

"수현아, 왜 전화를 안 받아? 걱정돼서 죽는 줄 알았다고."

"걱정은 무슨."

"암튼 다행이야. 난 또 놓쳤을까 봐 엄청 밟았거든. 조퇴하길 잘했네. 수현아, 일단 타."

안수현은 미동도 없이 가만히 있었다.

"수현아, 일단 차에 타서 얘기하자."

안수현은 좀 버티다가 등 떠밀리듯 차에 탔다. 익숙한 자리에 등을 기대자 마음이 한결 편안해졌다. 하지만 말은 새침하게 했다.

"차에 탔다고 너랑 다시 만나겠다는 뜻은 아니야. 택시비는 줄 거야."

이원석은 지난 일주일 동안 많은 생각을 했다며 운을 띄우더니 이런저런 얘기를 주저리주저리 늘어놓았다. 그러다 갑자기 느끼한 눈빛으로 얘기를 꺼냈다.

"수현아, 나는 있잖아……."

"뜸 들이지 말고 빨리 얘기해."

"우리 사랑에 유통기한이 있다면, 만 년으로 하고 싶어."

안수현은 폭소가 터져 나오는 걸 겨우 참았다.

"저기요, 이원석 씨. 그 아름다운 명대사를 이렇게 망쳐놓을 수 있는 건가요?"

"아…… 수현이 너도 봤구나. 중경산림."

이원석은 김이 샜다. 안수현의 마음을 녹일 수 있는 멘트라고 철석같이 믿었는데, 영화까지 보면서 예습했는데.

"저기, 산림이 아니고 삼림이야, 삼림. 중, 경, 삼, 림. 발음 좀 주의해줄래? 열 번도 넘게 본 영화라고."

"그래, 알았어. 중, 경, 삼, 림."

이원석은 또박또박 발음했다.

"암튼 우리가 상한 우유처럼 유통기한이 끝났다고 했잖아. 그런데 가만히 생각해보니깐 거기서 끝나는 건 아니더라고."

무슨 얘기를 하고 싶어서 이러는 걸까? 안수현은 고개를 돌려 이원석을 빤히 쳐다보았다.

"시간이 흐르면 우유가 치즈가 되잖아."

이원석은 신대륙이라도 발견한 것처럼 들뜬 표정이었다. 갑자기 치즈? 시종일관 굳은 표정이던 안수현은 황당한 나머지 웃고 말았다. 안수현의 웃음에 이원석은 화산이 분출하듯 용기가 샘솟았다.

"맞잖아. 우유가 치즈가 되는 것처럼 우리도 그러면 돼. 수현이 너도 치즈 정말 좋아하잖아. 나도 좋아하고."

"나 치즈 별로 안 좋아해."

"뭘 안 좋아해. 없어서 못 먹잖아. 쿰쿰한 냄새 나는 치즈 좋아하는 거 내가 다 알아. 치즈 나오면 코 갖다 대고 냄새부터 맡잖아."

"말을 말자."

이원석은 말도 안 되는 이유를 언급하며 둘이 계속 사귀어야 한다고 주장했다. 안수현도 알고 있다. 회사를 그만두는 것과 헤어지는 건 서로 다른 문제라는 것을. 다만 이 학교를 떠나면서 그와 관련된 모든 것을 정리하고 싶었다.

"우리 그러지 말고 여기까지 온 김에 여행이나 하면서 천천히 올라갈래? 나 이 지역은 처음이거든. 어차피 내일은 주말이잖아."

"까불지 말고 서울로 가."

"그래, 알았어. 그래도 저녁은 먹고 가야지."

이원석은 휴대폰으로 맛집을 검색하기 시작했다. 가로등에 비친 가로수를 바라보며 안수현이 가만히 물었다.

"원석아, 그런데 넌 뭐가 되고 싶었어?"

"어?"

"교직원이 꿈이었어?"

"아니. 세상에 교수도 아니고 교직원이 꿈인 사람이 어딨겠어. 교수 시다바리가 뭐 좋다고."

"생각해보니 우리 이런 얘기는 여태껏 한 적이 없네."

"맨날 회사 욕만 하니깐 이런 심오한 주제는 다룰 틈이 없었지."

"그래서 뭐였는데?"

"나? 꿈 같은 거 없었어. 그냥 잘 먹고 잘 자고 잘 살면 되는 거지 뭐."

이원석은 시동을 켜며 애교를 부렸다.

"너랑 나랑 같이."

"까불지 말라고."

안수현은 차갑게 말했지만 마음만큼은 한겨울에 온실로 들어간 것처럼 포근해졌다.

가자, 해외로!

　야근하고 돌아오니 아들 둘은 만세를 한 채 나란히 뻗어 있었다. 집에 있을 땐 제발 잠 좀 자라고 그렇게 애원해도 새벽까지 성난 들짐승처럼 뛰어다니더니, 새근새근 잘도 잤다. 하긴 벌써 11시였다.

　야근을 더 자주 해야 하나.

　김지민 과장은 속으로 생각했다. 한편으론 엄마가 오는지도 모르고 곤히 잠들어 있는 애들을 보니 섭섭했다. 엄마는 돈 번다고 이 늦은 시간까지 고생인데 너넨 잠이 오냐? 홧김에 확 깨울까 하다가 그렇게는 못 하고 사진을 찍었다. 찰칵 소리에 두 아들이 동시에 몸을 뒤집었다. 자면서도 포즈를 취하네? 모델을 시켜야 하나? 또 한 번 그 모습을 카메라에 담았다. 서정우가 후

다닥 달려와 얼른 방에서 나오라고 재촉했다.

"어떻게 재웠는데 애들 깨우려고 그래?"

"재우긴 뭘 재워. 안 놀아주니깐 애들이 알아서 잤겠지. 당신이나 평소에 잘해. 술 마시고 들어와서 깨우지나 말고."

김지민의 날 선 목소리에 눈치 빠른 서정우가 걱정스럽게 물었다.

"왜? 회사에서 무슨 일 있었어? 야근하느라 힘들지?"

김지민은 무슨 얘기를 하려다 말고 딴소리를 했다.

"씻을 동안 황태나 좀 구워놔."

"넵!"

서정우는 자연스럽게 황태를 꺼내 에어프라이어에 넣었다. 하루 이틀 있는 일이 아니었고 황태구이는 김지민이 가장 좋아하는 맥주 안주였다. 특히 스트레스가 극에 달할 땐 꼭 찾았다. 황태가 익을 동안 소스도 준비했다. 간장 조금에 마요네즈를 듬뿍 뿌리고 마요네즈를 뒤덮을 만큼 청양고추를 잘게 썰어 얹었다. 김지민이 알려준 배합 그대로다.

김지민이 잠옷 바람으로 식탁에 앉자 서정우가 좀 전에 냉동실에 넣어둔 맥주 두 캔을 꺼내 왔다. 캔에서 서늘한 냉기가 뿜어져 나왔다.

"역시 이런 날씨엔 시원한 맥주지."

서정우는 김지민의 기분을 맞춰주려고 아양을 떨었다.

"여보, 입시 끝나면 우리 제주도라도 갈까. 강릉이나 속초도 좋고."

김지민이 담당하는 재외국민 입시는 7, 8월에 진행되다 보니 여름휴가를 갈 짬을 내기 어려웠다. 그렇다고 수시모집이 시작되는 9월에 휴가를 길게 가는 것도 애매했다. 다들 정신없이 일하고 있는 와중에 같은 팀 직원이 룰루랄라 돌아다니는 걸 좋아할 사람은 없었다. 재외국민전형을 끝내고 8월 말 즈음 주말에 하루 이틀 정도 휴가를 붙여서 쉬는 게 전부다.

"지금 우리가 그런 데 갈 때야?"

김지민은 황태를 잘근잘근 씹었다.

"여보."

"응, 왜?"

"우리도 가자."

"어디?"

"해외로."

김지민은 캔을 움켜쥐었다.

"응? 이번 여름에 또? 지난겨울에 후쿠오카 갔다 왔잖아."

"아니, 여행 말고."

"그럼?"

"이민 가자고. 애들 데리고."

벌써 취한 건가? 아니면 더위를 먹은 건가? 서정우는 김지

민을 멀뚱히 쳐다보다가 선풍기를 가져와 틀었다. 이민을 가자
는데 고작 선풍기나 켜주는 남편이 답답해 김지민은 힘주어 말
했다.

"여보, 내 말 들었어? 이민 가자는 말?"

"응, 들었지."

"그런데 왜 답이 없어?"

"답을 기대하고 한 말이었어?"

서정우는 난감한 표정을 지었다.

"그럼 이 밤에 혼자 난데없이 독백하고 있는 거겠니?"

"갑자기 무슨 소리야? 이민이라니. 야근 계속해서 요즘 스트
레스가 심하지?"

"나 지금 진지하게 얘기하는 거야."

서정우는 다음 얘기를 잠자코 기다렸다.

"여보, 우리 애들 좋은 대학에 보내고 싶지 않아?"

"그거야 당연하지."

"그러니까 해외로 가자. 훨씬 좋은 교육 받게 해서 S대 보내자."

"해외에서 공부한다고 다 S대 가는 것도 아니잖아."

"물론 다 그런 건 아니지. 하지만 확률이 높아진다고."

김지민은 맥주로 목을 축였다.

"여보, 우리나라 대학에 가장 쉽게 들어가는 방법이 뭔지 알아?"

"수능을 잘 봐야겠지."

서정우가 망설임 없이 말했다.

"그런 당연한 소리 말고."

"그럼…… 부모를 잘 만나는 거? 금수저로 태어나는 거?"

"그것도 맞는 말이긴 한데, 부모가 아무리 돈이 많아도 애가 공부를 못하면 말짱 꽝이잖아. 그런데 애가 공부를 별로 못해도 대학을 잘 갈 수 있다니깐."

"어떻게?"

이제야 관심이 가는지 서정우도 귀를 기울였다.

"외국인이 되는 거야."

"무슨 말도 안 되는 소리야."

김이 샌 듯 서정우가 피식 웃었다.

"진짜야. 외국인이면 우리나라 대학 들어오기 엄청 쉬워. 웃기지 않아? 한국어도 어설픈 애들이 한국 대학에 들어오기는 가장 쉽다는 게."

김지민은 콧방귀를 뀌며 그 이유를 아주 짧고 굵게 설명했다. 외국인은 정원 제한이 없어서 대학이 마음대로 선발해도 괜찮고 등록금 수입 확대를 위해선 많이 뽑아야만 한다. 한마디로 다 다익선이다.

"그래서 우리 애들을 다른 나라에 귀화라도 시키자는 말이야?"

"아니, 그건 어렵지. 부모인 우리도 외국인이어야 하는데, 그건 불가능하니까. 사실 외국인이면 굳이 우리나라 대학에 올 필요가 있는지도 모르겠고."

김지민이 황태를 소스에 콕 찍으며 말했다.

"대신, 재외국민이라면 충분히 고려해볼 만하지."

"아, 안 그래도 박 차장님이 물어보던데."

"박 차장님?"

"응, 자기가 입학팀에서 일하는 거 알거든. 올해 말에 베트남 지사에 주재원으로 가는데 가족도 다 같이 갈지 고민하더라고."

"애들이 몇 살인데?"

"딸 하나고 내년에 중2."

"딱 좋네. 베트남 주재원으로 가면 몇 년 있을 수 있어?"

"사람마다 다르긴 한데, 길게 있는 사람은 5, 6년도 있더라. 1, 2년 만에 돌아오는 사람도 있고."

"별일 없으면 3년 정도는 버틸 수 있겠네?"

"그렇다고 봐야지."

"그럼 무조건 애 데리고 가야지. 3년만 딱 버티면 재외국민 3년 특례 가능하니까. 고등학교 1년 포함해서 3년. 내년에 중2니까 고1까지 하면 3년이고 특례 자격 충족하지. 가능하면 고등학교 졸업할 때까지 거기 있으라고 해. 또 한국 들어와서는 적응 못해서 깨지지 말고. 해외에서 자유로운 분위기에 있다가 한국 들어와서 내신에 수능까지 공부하려면 얼마나 힘들겠어. 자나 깨나 공부만 하는 우리나라 애들 못 따라가지."

"3년 특례면 대학 가기 쉬워?"

서정우는 호기심이 발동했다.

"솔직히 3년 특례는 쉽지 않아. 정원외 선발이긴 한데 정원의 2퍼센트까지만 뽑을 수 있거든. 그래도 한국에 있는 것보단 훨씬 낫지. 괜히 특례전형이라고 이름 붙였겠어? 물론 해외에서 사는 게 보통 일은 아니겠지만 대학 입학만 생각하면 마다할 이유가 없어."

"우리도 갈까?"

"이제 관심이 가나 보지?"

"3년 정도면 애들을 위해서라도 갔다 올 수 있잖아. 물론 회사에서 보내줘야겠지만. 가만있어 보자. 애들이 중학생이 될 때쯤이면."

서정우는 일곱 살인 첫째가 중학교에 들어갈 시점을 머릿속으로 계산했다.

"아니, 내년에 당장 가야 해."

"내년에?"

"응, 승건이가 초등학교 들어가기 전에. 내가 말하는 건 12년이야. 초중고 전부 해외에서 공부하면 우리나라 대학에 들어오는 건 식은 죽 먹기라고."

"어차피 정원이 정해져 있다며. 그럼 똑같잖아."

"12년 전교육과정은 정원 제한이 없어. 사실상 외국인이랑 똑같다고!"

김지민은 갑자기 소리를 꽥 질렀다. 이게 화낼 일인가 싶어 당황하면서도 서정우는 애들 깨는 게 더 걱정되어 아이 방을 바라봤다. 김지민은 화를 삼키듯 맥주를 들이켜며 오늘 일을 상기했다. 어쩐지 오현종 팀장의 목소리가 들리는 것 같았다.

"김 과장, 내가 분명히 50퍼센트까지 뽑으라고 말하지 않았나?"

오현종은 김지민이 준비한 보고서를 휙 던졌다. 보고서에는 12년 전교육과정 해외 이수자 지원자 중 30퍼센트만 선발하겠다는 내용이 담겨 있었다. 안 그래도 더운데 열기가 훅 올라왔다.

김지민은 지원자 중 절반이나 뽑는 걸 쉽게 받아들이기 어려웠다. 지원 자격이 안 되는 학생을 빼면 사실상 지원자의 대부분을 선발하는 것이나 다름없었다. 그렇다고 학생들이 우수한 것도 아니었다. 지원자 중 일부만 상위권이었고 상당수는 중하위권이었다.

이게 무슨 홀짝 게임이야? 절반을 뽑게? 아무리 그래도 최하위권 학생은 뽑지 말아야지. 열 명 중에 8, 9, 10등 하는 학생은 뽑지 말자. 과일도 이렇게 대충 고르진 않잖아?

그렇게 제외하다 보니 선발할 만한 학생은 지원자의 30퍼센트 수준에 불과했다. 김지민은 그것도 과하다고 여겼다. 한국에서 공부해 Q대에 입학하는 학생들과 비교하면 수준 차이가 극심했다.

"김 과장 말대로 일부 학생들이 공부를 못하는 건 맞아."

오현종이 답답하다는 듯 말했다.

"그래도 다른 특기가 있잖아. 언어도 되고 해외 경험도 많고. 그런 게 다 자양분이라고."

"팀장님, 우리나라에 있는 애들도 요즘 영어 다 잘해요. 해외 경험 있는 애들도 많고요. 그리고 없으면 뭐 어때요. 앞으로 쌓으면 되는 거잖아요."

"아니, 왜 계속 일반 학생들이랑 비교해? 재외국민 더 뽑는다고 우리나라 애들을 못 뽑는 것도 아니고. 풀 자체가 다르잖아. 이건 그냥 보너스 게임이라고."

"그건 저도 잘 알죠. 하지만 보너스도 그 나름이잖아요. 제가 뽑지 말자고 말씀드리는 학생들은 다른 걸 다 떠나서 성실성 자체가 부족해요. 공부를 못하는 게 아니라 안 하는 애들이라고요."

김지민의 말대꾸에 오현종이 슬슬 언성을 높였다. MZ세대도 아니고 회사 생활을 할 만큼 한 김 과장이 그러니까 오현종은 짜증이 치밀었다. 오현종이 눈에 힘을 주며 물었다.

"작년 12년 특례 등록률이 어떻게 돼?"

김지민은 자료를 확인하지 않아도 알고 있었고 이 얘기를 꺼내는 오현종의 저의 또한 충분히 짐작했다.

"30퍼센트 수준이었습니다."

합격자 중 70퍼센트는 W대, O대 등 더 좋은 대학으로 도망 갔다. 정말 선발하기 싫은데 어쩔 수 없이 붙여놓은 학생들이 다른 대학으로 도망가는 걸 보고 있으면 기가 막혔다. 이래서 일을 해도 더 좋은 대학에서 해야 하는 거야. 사실 W대 출신인 김지민은 W대보다 낮은 Q대에서 일하면서 기분이 찜찜할 때 가 한두 번이 아니었다. 특히 Q대는 W대를 경쟁 대학으로 생각 하고 넘어서려고 하고 있었기에 더 그랬다. 그럴 때마다 김지민 은 속으로 비웃곤 했다. 아무리 발버둥 쳐봐라. 내 모교의 발목 도 못 붙잡을 테니까. 오래전 일이긴 해도 한덕수 처장이 자기 아들을 W대에 보냈다는 얘기를 들었을 땐 묘한 승리감마저 느 꼈다. Q대 출신 Q대 교수도 아들만큼은 W대에 보냈다? 그럼 얘기 끝난 거 아냐?

"자, 작년에도 지원자 중 50퍼센트를 뽑았는데 70퍼센트가 도망가고 30퍼센트만 남았어. 맞아?"

"네."

"그럼 올해 김 과장 말대로 지원자 중 30퍼센트만 선발하면 어떻게 될 거 같아?"

김지민은 대답하지 않았다.

"어떻게 될 거 같냐고. 작년 기준으로 생각하면."

오현종이 윽박질렀다.

"남는 게 없어. 남는 게 없다고. 한 명도 안 남을 거면 뭐 하러 이 고생을 하고 있어? 모집 요강 올리고 홍보하고 서류 평가하고 지원 자격 심사하고, 맨날 야근하는 거 다 헛수고로 만들고 싶어서 그래? 말이 되는 소리를 해야지. 어차피 위에서 다 쓸어 가니까 우리 대학엔 지원하는 학생도, 등록하는 학생도 적잖아. 몇백 명도 아니고 고작 몇십 명 가지고."

김지민은 속이 부글부글 끓어오르는 기분이었다. 오현종은 더러운 표정으로 앉아 있는 김지민을 더욱 몰아붙였다.

"난들 뭐 지원자들 학업 수준을 몰라서 이러는 줄 알아? 그리고 다른 대학은 뭐 아무 생각도 없이 그저 좋다고 뽑는 거겠어? 그 학생들도 나름의 장점이 있는 거야. 해외에서 사는 게 장난이야? 자그마치 12년이야. 이제 갓 스물인 애들한테는 거의 평생이라고. 외국인이랑 다른 게 뭐냐고. 그리고 대학이 뭐 하는 곳이야? 대학은 학생을 가르치는 곳이야. 우리는 잘 교육해서 학생들이 더 크게 성장할 수 있게 해주면 되는 거야."

순간 오현종은 자기가 한 말에 스스로 감격했다.

"그래, 우리 대학도 이제 입시 경쟁이 아니라 교육 경쟁을 해야 하는 거라고, 교육 경쟁!"

김지민은 입을 앙다물었다.

"아니 김 과장, 도대체 왜 그래? 여기에 왜 이렇게 민감하게

구는 거냐고."

오현종이 하소연했다.

"그 학생들한테 개인적인 감정이라도 있는 거야?"

"아니요. 그렇지만 대학이 학생을 선발할 땐 최소한의 기준이 있어야 한다고 생각합니다. 머릿수를 채우려고 거의 꼴찌인 학생들까지 뽑는 건 말이 안 된다고 봅니다."

"후……."

오현종은 뚜껑이 열리는 기분이었다. 머리가 나쁜 사람도 아닌데 이렇게까지 말귀를 못 알아먹다니. 한편으론 '이제 반년밖에 남지 않은 회사 생활이야 어떻게 되든 무슨 상관일까' 하는 생각도 들었다. 하지만 이건 위에서 강력하게 압박하는 건이었다. 오현종은 사무실 뒤편으로 고개를 돌렸다. 그러곤 창밖의 숲을 보며 말을 꺼냈다.

"내가 이런 말까지 안 하려고 했는데……."

그럼 하지 마세요. 김지민이 속으로 말했다.

"김 과장님, 그 학생들의 등록금이 김 과장님 월급이라고 생각하고 뽑으세요. 군소리 마시고요. 그리고 김 과장님, 요즘 너무 생각이 많으신 것 같은데, 그냥 제가 부탁드리는 대로만 해주시면 됩니다. 잘 아시겠습니까?"

오현종은 김지민의 대답도 듣지 않고 벌떡 일어나더니 어디론가 가버렸다. 김지민은 한동안 회의 테이블에 앉아 있었다. 마음 같아선 "쥐꼬리 같은 월급, 당신이나 많이 받아!" 소리치고 회사를 그만두고 싶었다. 하지만 아직 초등학교에 입학도 안 한 아들 둘의 모습이 아른거렸다. 남편 혼자서 버는 돈으론 어림도 없었다.

"여보, 팀장님 말씀이 틀린 것만도 아니네. 어차피 다른 대학으로 다 도망간다며. 그냥 뽑아. 남는 애들은 우리 집 살림에 조금 보태는 거라고 생각하면 되잖아."

서정우가 맥주와 황태를 각각 한 손에 들고 흔들었다.

"황태랑 맥주도 그 돈으로 더 많이 사 먹고 좋잖아."

"여보, 우리 애들도 더 좋은 교육 받게 해서 더 좋은 대학에 보내야 할 거 아니야. 그리고 더 많이 선발한다고 해서 인센티브를 주는 것도 아니라고."

김지민은 금방 눈물이라도 흘릴 것 같은 표정이었다. 서정우는 당황해서 김지민을 타일렀다.

"그래, 당연히 그래야지. 우리 애들도 충분히 좋은 교육 받을 수 있을 거야. 내가 더 노력할게."

"노력하긴 뭘 더 노력해. 로또가 터지지 않는 이상 우리 애들은 그런 교육 못 받아."

결국 김지민은 울음을 터뜨리고야 말았다.

재외국민 학생을 평가할 때마다 김지민은 복합적인 감정을 느꼈다. 좋은 환경에서 교육받아 우수한 성과를 보여주는 학생들이 한없이 부러웠고, 공부도 쥐뿔도 못하면서 특례 자격만 충족해 분에 넘치는 대학에 들어가는 학생들을 보면 분노가 치밀었다. 해외에서 일하면서 국가를 위해 봉사한 사람들을 위한 특례전형이라는 걸 잘 알면서도 인정하고 싶지 않았다. 말도 잘 통하지 않는 머나먼 이국에서 그 학생들이 겪었을 어려움과 서러움 따윈 생각하고 싶지 않았고, 타지에서 일하며 자식들을 힘들게 키웠을 그 부모들의 고난과 고통도 알고 싶지 않았다. 그곳에도 빈부격차가 만연하다는 사실 또한 애써 외면했다.

재외국민전형이 시작되기 전인 4, 5월에 김지민은 중국, 일본, 베트남 등지의 고등학교를 방문해 입학설명회를 진행했다. 한국 학생들이 많은 한국 국제학교나 세계 각국의 학생들이 모여 있는 국제학교가 주요 대상이었다.

특히 명문 국제학교를 방문했을 땐 두 아들을 떠나 자신부터 다니고 싶은 마음이 먼저 들 정도였다. 대학보다 훨씬 좋은 인프라에 눈이 뒤집혔다. 축구장, 야구장, 농구장은 기본이고 테니스장, 수영장, 육상 트랙도 있었다. 심지어 럭비장과 승마장 그리고 골프장까지 갖춘 학교도 있었다. 실험실, 조리실, 밴드실 등 없는 게 없었다.

김지민은 카운슬러를 따라 학교를 구경하며 감탄을 쏟아냈다. 분위기도 더없이 자유롭고 활기찼다. 내신과 수능에 절어 있는 한국 고등학교 특유의 답답함을 느낄 수 없었다. 학생들은 귀티가 잘잘 흘렀고 세계 각국에서 온 다양한 인종의 학생들과 거리낌 없이 어울렸다. 한국어와 영어는 기본이고 중국어, 스페인어 등 다중언어를 모국어처럼 할 줄 아는 학생들을 보며 입이 쩍 벌어졌다.

나도 이런 교육을 받아보면 소원이 없겠다. 아냐, 난 됐고 애들이라도 꼭 받게 해줘야지.

하지만 김지민은 그게 불가능하다는 사실을 누구보다 잘 알았다. 국제학교는 교육 환경이 좋은 만큼 학비도 엄청 비쌌다. 한 학기의 학비가 적게는 1천에서 2천만 원, 많게는 3천, 4천만 원까지 했다. 대학과 비교할 수 없는 수준이었다.

"학생들이 오히려 대학에 가면 실망을 많이 하더라고요. 인프라가 여기보다 못하니까요. 대학교 등록금이 너무 싸서 놀라는 애들도 있어요."

카운슬러의 얘기를 들으며 김지민은 저절로 고개가 끄덕여졌다. 학생들의 마음이 충분히 이해됐다. 어차피 교직원으로 사는 인생, 이런 곳에서 일하면 얼마나 좋을까. 이런 생각까지 들 정도였다.

자녀가 다양한 국적의 학생들과 어울리면서 자연스럽게 외국어를 터득하고 다양성을 키우는 걸 마다할 부모가 어디 있을까. 더군다나 그 학교에 다닌다는 사실만으로도 학생과 학부모의 신분은 보장된 것과 다를 바 없었고, 국내 대학은 물론 해외 대학으로 진학할 수 있는 길 또한 열려 있었다. 답답한 수능 공부를 하지 않아도 충분히 좋은 대학을 갈 수 있다는 사실에 학부모는 마음을 빼앗겼다. 물론 자녀가 수능 대신 다른 공부를 열심히 해야겠지만 말이다. 김지민도 제주도나 인천에 있는 국제학교에 아들을 보내고 싶어 이리저리 알아보았으나 감당할 수 있는 수준이 아니었다.

"하수는 강남으로 겨우 들어가고, 돈 많고 정보 있는 고수는 제주도로 애들을 보낸다고."

김지민은 황태를 뜯으며 계속 울먹였고 서정우는 슬슬 지쳐갔다.

"애들이 무슨 조랑말이야, 제주도로 보내게? 자고로 사람은 서울로 보내라고 했어. 우린 지금 이미 서울에 자리를 잘 잡고 있고."

"언제 적 얘기를 하고 있어? 그리고 이게 자리를 잘 잡은 거야?"

김지민은 고개를 돌려 집을 둘러보았다. 부엌 끝에서 거실 끝까지 몇 걸음도 안 돼 보였다. 20평 남짓의 아파트. 아파트 값이 더 오르기 전에 더 넓은 데로 이사를 가야 했는데 서정우가 망설이는 바람에 기회를 놓쳤다. 학군도 좋지 않아서 김지민은 하루라도 빨리 이사하고 싶었지만 서정우는 동네가 조용해서 좋다며 다른 곳을 알아볼 생각조차 하지 않았다.

"우리가 뭐 어때서? 전세도 아니고. 서울에 아파트도 있는데."

"너무 좁잖아. 남자애 둘을 여기서 어떻게 키우냐고."

"다 알아서 잘 커. 걱정하지 마. 나는 어릴 때 이 집보다 작은 집에서 누나랑 동생이랑 잘 살았어."

"그때랑 지금이랑 같아?"

"여보, 그만해. 형편이 안 되는 걸 어떡하겠어."

"그 말이 그렇게 쉽게 나와, 당신은?"

"아니, 왜 계속 다른 사람들이랑 비교하냐고. 우리 애들을."

"눈앞에 버젓이 보이는데 어떻게 비교를 안 해? 다른 애들은 정말 좋은 교육 받으면서 쑥쑥 커가는데 어떻게 비교를 안 하냐고."

김지민도 그런 자신이 싫었다. 비교하면 끝이 없다는 걸 잘 알지만 애들이 자랄수록 욕심도 함께 부풀어 올랐다. 극성인 엄마 밑에서 자란 김지민은 절대 그런 엄마가 되지 않겠다고 다짐했건만 마음을 비우고 자식을 키운다는 건 불가능에 가까웠다. 따지고 보면 엄마가 그 정도 해줬으니 이렇게라도 사는 거였다. 김지민의 엄마 또한 여전히 욕심을 버리지 못했다. 법대 나와서 판사, 검사, 변호사가 될 줄 알았더니, 아니면 대학 교수라도 될 줄 알았더니 교직원을 하고 있어 항상 마음에 걸려 했다. 반면 아빠는 딸이 안정적인 직장에 다니는 걸 흡족해하며 "여자한테는 좋은 직장이다. 철밥통인데 도대체 뭘 더 바라냐"라는 말을 자주 했는데, 그럴 때마다 엄마는 "요즘 시대에 남자 여자가 어디 있냐. 이게 다 당신 탓이다"라며 한탄했다. 쥐 죽은 듯 있으면 본전이라도 건질 텐데 아빠는 "남자 여자 따지지 않는 세상이면, 당신이 돈 많이 벌어서 더 잘해줬으면 됐겠네"라고 토를 달아 엄마의 혈압을 높였다. 그럼 엄마는 "내가 누구 때문에 그 좋은 직장을 그만뒀는데? 지민아, 넌 절대 직장 그만두지 마라. 직장 다니면서 아들 둘 키우는 게 아무리 힘들어도 꼭 붙어 있어. 아니면 나중에 남편한테 저런 소리나 듣게 된다"고 말했다. 그즈음에 아빠는 방으로 사라지고 없었다.

"우리 애들도 잘 크고 있잖아. 우리가 못 해주는 게 뭐 있어?"

서정우도 언성을 높였다.

"무리했지만 둘 다 영어유치원 보냈잖아. 우릴 부러워하는 다른 사람들도 많다고!"

애들을 영어유치원에 보내려고 노력했던 걸 생각하니 이번엔 서정우가 울컥했다.

"영어유치원?"

김지민은 콧방귀를 뀌었다.

"고작 영어유치원 보내놓고 어디서 유세야? 다른 사람들은 영어초등학교, 영어중학교, 영어고등학교까지 보낸다고."

"그런다고 다 성공해? 다른 사람 인생 부러워하면 한도 끝도 없어. 우리 애들이 평범하게 잘 크는 것만으로도 감사하다고,

나는."

"뭐? 평범해서 감사하다고? 하나라도 더 해주지는 못할망정."

"적당히 해, 김지민."

서정우는 이를 악물었다.

"적당히 하긴 뭘 적당히 해."

"그래서 지금 뭘 어쩌자고. 진짜 해외로 나가자고? 우리 직장
도 다 그만두고? 아니면? 내가 어디 가서 돈이라도 훔쳐올까?
로또 당첨 비결이라도 알아올까?"

서정우는 폭발하고 말았고 김지민의 울음소리는 더욱 커졌
다. 그 소리에 깬 아들들이 나란히 방에서 나왔다. 김지민은 애
들을 보고 더 크게 울었다. 그러자 애들도 따라 울기 시작했다.
애들은 엄마의 허벅지를 각자 하나씩 차지하고 앉아 엄마를 끌
어안았다. 서정우는 한숨을 쉬며 소파로 가서 드러누웠다. 맥주
한 캔도 채 마시지 않았는데 머리가 지끈거리고 속이 울렁거리
는 것 같았다.

"마마, 돈 크라이."

첫째 아들이 영어로 얘기하자 둘째 아들도 질세라 영어로 말
했다.

"마마, 이쯔 타임 투 슬립. 렛츠 고 투 베드."

훌륭한 영어 발음에 김지민의 마음이 조금 풀렸다. 한편으론
'이렇게 영어를 잘하는데 국제학교를 보내면 얼마나 좋을까' 하

는 아쉬움에 가슴이 아팠다. 김지민은 아들들을 꼭 안았다.

"오케이, 아임 쏘 쏘리. 돈 워리. 아임 오케이."

그러곤 소파에 누워 있는 서정우에게 들으라는 듯 말했다.

"러블리 마이 썬즈, 플리즈 세이 투 유어 파더 클린 더 디쉬스."

아들들은 서정우에게 쪼르르 달려가 "클린, 디쉬, 클린, 디쉬"
하고 쫑알거렸다. 힘들게 돈 벌어서 영어 공부를 시켜놨더니 고
작 한다는 소리가 아빠한테 설거지나 하라니. 서정우는 지그시
눈을 감고 애들을 영어유치원에 보낸 걸 처음으로 후회했다.

의대병에 걸린 학부모에게

출근 시간, 지하철은 매일 타도 좀처럼 적응되지 않는다. 익숙해질 법도 한데 기분이 영 별로다. 사람들이 빼곡하게 들어차 있는 곳에 모르는 척 몸을 스윽 들이미는 게 염치없는 행동처럼 느껴진다. 그렇다고 안 탈 수도 없고 다른 열차라고 사정이 다를 리 없다. 설마 이걸 타려고? 이런 심정으로 노려보고 있는 사람들의 시선을 피해 무작정 전진한다.

전쟁터의 총받이가 되는 게 이런 기분일까. 설국열차의 꼬리 칸에 타는 게 이런 심정일까.

자리를 내주지 않으려고 버티는 사람들을 가방을 방패 삼아 꾸욱 밀며 한 걸음 나아간다. 어떻게든 비집고 들어가 자리를 잡은 후에는 복근과 두 다리에 힘을 딱 주고 플랭크를 하듯 버틴

다. 방심하면 연약한 두부나 묵처럼 한순간에 으깨질지도 모른다. 몸에 힘을 쫙 빼고 다른 이에게 자신의 몸을 고스란히 맡기는 것도 좋은 방법이다. 하지만 자칫 잘못하면 구타를 유발하거나 괜한 오해를 살 수 있다.

홍지원 입학사정관은 열차의 유리창에 비친 자신의 모습을 바라보며 전날 일을 후회하다가 환승역을 놓치고 말았다. 세 정거장을 더 가서 몸을 의지하고 있던 문이 열리는 순간 그 사실을 깨달았다. 집에서 환승역까진 홍지원이 탄 곳의 반대편 문만 열렸기에 매일 아침 콘크리트를 뚫는 심정으로 인파를 헤쳐나가야만 했다. 급류에 휩쓸리듯 사람들에게 밀려 나온 홍지원은 잠깐 어리둥절하다가 반대쪽으로 가는 열차를 타기 위해 부리나케 뛰었다.

하필이면 이런 날 지각까지 하다니.

출근하고 싶은 날은 없지만 오늘은 그 어느 때보다 열렬히 출근하고 싶지 않았다. 밤에는 이불 킥을 하며 잠을 설쳤고 무작정 휴가를 쓸까 고민하기도 했다. 한편으론 아무 일도 없을 거라는 막연한 희망을 가슴 한편에 품고 있었다. 그 엄마만 입 다물고 있으면 아무도 모를 일이었다. 하지만 헛된 기대였다. 홍지원이 자리에 앉자마자 양주희 선임이 다가와 나가자고 눈빛을 보냈다. 홍지원은 조용히 따라나섰다.

"어제 코엑스에서 무슨 일 있었어요?"

사무실에서 멀어지자 양주희가 말문을 열었다. 예상하긴 했지만 이렇게까지 빨리 대응할 줄은 몰랐다. 불과 엊저녁에 있던 일이다. 코엑스에서 열린 대학 수시 박람회가 끝난 직후였다.

"어떤 학부모가 팀장님한테 전화했나 봐요."

"어제요? 언제요?"

"저녁 7시 정도? 지원 쌤한테 바로 연락하려다가 어차피 오늘 또 보니깐. 보나 마나 별일 아닐 것 같기도 하고. 암튼 무슨 일 있었어요? 팀장님이 또 호들갑 떠는 건지 모르겠지만 학부모가 엄청 흥분했다고 그러시던데."

연락처를 어떻게 알았는지 그 학부모가 팀장에게 전화해 항의를 했고, 팀장은 수시 박람회 담당자인 양주희에게 알아보라고 지시한 것 같았다. 홍지원은 자신 때문에 양주희까지 곤란해진 것 같아 미안했다.

"죄송합니다."

"아니, 뭐 나한테까지 죄송할 건 없어요."

양주희가 웃으며 달래주었다.

"그럴 만한 사정이 있었겠죠. 상담하다 보면 이상한 사람 많잖아요. 우리가 지난 나흘간 한두 사람 상담한 것도 아니고. 역시나 학부모가 진상이었겠죠?"

홍지원은 천천히 고개를 끄덕였다.

"사실 어제 처음 뵌 건 아니었어요. 5월인가, V자사고 설명회

갔을 때 처음 뵀어요."

"아? 혹시 예전에 얘기했던 그 엄마?"

양주희가 놀란 눈으로 물었다.

고교 방문 입학설명회가 불붙기 시작한 5월이었다. 서울 강북에 있는 V자사고에서 그 학부모를 처음 만났다. 오후 2시에 개최된 설명회에는 학생은 없고 학부모만 100여 명이 참석했다. 학생들은 공부하라고 설명회에 참석하지 못하게 하는 학교들이 더러 있는데, 대체로 이런 학교는 학부모의 경제력이 좋고 입김도 셌다. 이곳저곳 빠지지 않고 쫓아다니며 입시 정보를 캐는 것도 그럴 만한 여유가 있어야 가능한 일이었다.

한 시간 정도 설명회를 진행하고 돌아가려는데 학부모들이 홍지원을 둘러싸고 끊임없이 질문을 퍼부었다. 일상적인 일이기에 홍지원은 밝은 표정을 유지하며 침착하고 차분하게 조금씩 길을 열어나갔다. 학교 정문까지 따라나서는 학부모, 택시를 잡아주겠다는 학부모, 가는 곳까지 태워주겠다는 학부모를 한명씩 차근차근 물리치고 정문을 벗어났다.

그때 그 엄마가 도도한 걸음걸이로 다가왔다. 다른 학부모들이 하나둘 떨어져 나갈 때까지 인내심을 가지고 기다린 모양이었다. 때마침 불러놓은 택시가 도착했다. 학부모를 버리고 매몰차게 택시에 올라탈 수도 있었지만 택시 기사에게 양해를 구한 후 학부모에게 다가갔다.

질문 딱 하나만 받고 얼른 가야지.

"어머님, 혹시 궁금하신 거라도 있으세요?"

"의대 입시가 궁금해서요."

기다렸다는 듯 학부모가 말했다. 너무나 포괄적인 질문에 홍지원은 어디서부터 말을 꺼내야 할지 몰랐다. 시간이 많으면 하나둘 찬찬히 얘기해보겠는데 택시 기사는 창문을 내리고 눈치를 주고 있었다. 이걸 어떻게 해야 하나, 고민하는 찰나 학부모가 이해한다는 표정으로 다가왔다.

"선생님, 지금 가셔야 하죠. 그럼 명함이라도 주실 수 있으세요?"

"아, 네, 네."

홍지원은 허겁지겁 지갑에서 명함을 찾았다. 급한 마음에 손에 잡히는 거 아무거나 건넨 후 택시에 올랐다. 또 하나의 설명회를 끝냈다는 마음에 안도했다. 그 명함 한 장 때문에 한동안 골치를 앓을지는 예상하지도 못했다.

홍지원은 두 종류의 명함을 가지고 다녔다. 휴대폰 번호가 있는 명함과 그렇지 않은 명함. 고등학교 교사, 다른 대학 입학사정관, 교육 관계자 등 지속적인 관계를 유지해야 하는 사람에겐 폰 번호가 기재된 명함을 건넸다. 반면 부득이하게 줘야 하는 사람에겐 사무실 번호만 있는 명함을 건넸는데, 대체로 학부모가

요구할 때 주곤 했다.

그런데 그날은 마음이 급해서 확인도 안 하고 개인 연락처가 있는 명함을 건네고 만 것이다. 사무실에 돌아와서야 그 사실을 알았다. 모르는 번호로 장문의 메시지를 받았는데 내용을 보니 아까 그 학부모였다. 학부모는 의대 입시에 관해 궁금한 것들을 일목요연하게 정리해서 보냈고 무려 질문이 스무 개에 달했다. 일반적인 내용부터 예민한 부분까지 질문은 다채로웠는데, 이미 입시를 꽤 많이 알고 있는 것 같았다.

잘못 걸렸네.

번호까지 붙어 있는 질문들을 하나하나 읽으며 손톱을 물어 뜯었다. 일일이 답하기엔 너무 귀찮았다. 전화를 걸어서 말로 대충 설명할까 하다가 하나씩 답변하기 시작했다. 군더더기 없이 최대한 깔끔하게. 답하기 어려운 질문 몇 개는 그냥 넘어갔다.

다음 날 또 메시지가 왔다. 이번엔 카카오톡 메시지였다. 내키지 않았지만 학부모를 친구 추가했다. 학부모는 홍지원의 답변 중에서 궁금한 것들을 꼬치꼬치 캐묻고 답을 못 들은 것이 있으면 계속 물고 늘어졌다. 거기에 추가 질문까지 덧붙였다. 이번에도 친절하게 답했고 학부모는 스타벅스 커피 기프티콘을 선물로 보내왔다. 홍지원은 조심스럽게 거절 의사를 밝혔다. 학부모는 당황한 표정의 이모티콘과 함께 메시지를 보냈다.

— 이러시면 제가 얼마나 민망하겠어요. 상담을 친절하게 잘

해주셔서 고마워서 그런 거예요. 다른 뜻은 없어요.

학부모와의 인연이 길어질 것 같은 불길한 예감에 연락처를 '의대 엄마'라고 이름 붙여서 저장했다. 그리고 일주일간 계속 연락을 주고받았다. 의대 엄마는 아들의 학생부까지 스캔해서 보냈다. 어디까지 상담해줘야 할지 난감했지만 이제 와 거절하는 것도 애매해 학생부를 꼼꼼히 읽었다.

홍지원은 S대에 있을 때 학생부종합전형 의예과를 평가한 적이 있었다. 최상위권 학교의 최상위권 학과답게 지원자의 수준이 엄청났다. 내신성적이 최고점인 1.0에 달하는 학생들이 발에 차였고 내로라하는 영재학교와 과학고의 수재들도 아주 많았다. 성적뿐만 아니라 동아리, 봉사, 리더십, 진로, 독서 등 뭐 하나 빠지는 게 없었다. 그중에 누군가를 고르는 게 무슨 의미가 있나 싶었고 자신에게 그럴 자격이 있는지 의심스러웠다. 특히 영재학교와 과학고에서 고급과정을 이수한 학생들을 보면 자연스레 혀를 내두르게 됐다. 하나같이 다 대단해 보였고 누가 합격하더라도 이상하지 않았다. '우리나라 의학계의 미래는 아주 희망적이구나', '갈수록 우리나라 사람들은 수명이 늘어나는 건 물론 점점 예뻐지고 잘생겨지겠구나' 이런 생각까지 들었다. 한편으론 '과학고의 우수한 친구들이 다 의사가 되면 어쩌지? 과학고를 의학고로 명칭을 바꿔야 하는 건 아닐까?' 하는 쓸데없는 걱정을 하기도 했다.

의대 엄마의 아들은 강북에서 알아주는 V자사고 3학년으로 자연계 전교 1등에 의대를 충분히 노려볼 만한 수준이었다. 하지만 의대를 지원하는 학생 대부분이 그랬다. S대 정도는 아니지만 Q대 의예과에도 훌륭한 인재들이 몰리기에 홍지원은 말을 아꼈다.

— 충분히 지원해볼 만한 성적이긴 해요. 그래도 의예과니까 장담할 순 없어요. 그리고 아직 기말고사가 남았잖아요. 기말고사에서도 흔들리지 않고 지금 수준을 유지하는 게 중요할 것 같아요.

그 후 한동안 연락이 없어 이걸로 끝이라고 생각했다. 입시 상담을 하다 보면 유별난 사람도 만나기 마련이니까.

나이가 어려 보인다고 바로 반말을 찍찍 내뱉는 사람, 합격 가능성이 낮다고 알려주면 화부터 내는 사람, 자신은 더 좋은 대학을 나왔다면서 은근히 깔보며 무시하는 사람, 무조건 합격할 수 있는 방법을 알려달라며 떼쓰는 사람, 상담 시간이 한참 흘렀는데도 물고 늘어지면서 진 빠지게 만드는 사람, 질질 짜면서 신세 한탄을 하는 사람, 자녀가 어릴 땐 영재였다며 궁금하지도 않은 얘기를 하는 사람, 입시 비리가 의심된다며 억측을 쏟아붓는 사람…….

이런 사람을 만날 때마다 홍지원은 영화 〈놈놈놈〉을 떠올리며 마음을 다스렸다. 세상엔 좋은 놈, 나쁜 놈, 이상한 놈 다 있는 거야.

홍지원은 R대, U대, S대, Q대 네 개 대학을 거치면서 경험치를 쌓아왔다. Q대를 보다 돋보이게 홍보하기 위한 능력은 물론, 학생이나 학부모의 사정을 깊이 헤아릴 수 있는 따뜻한 마음을 갖추기 위해 노력했다. 어떻게든 원서 한 장을 더 팔기 위해 아무에게나 지원하라며 부추기지 않았고 미래를 알지도 못하면서 함부로 단정 짓거나 예견하지 않았다. 경쟁률이 일대일이 되지 않으면 꼴찌도 붙을 수 있고, 다른 고등학교 전교 1등들이 우르르 지원하면 아무리 전교 1등이라도 떨어질 수 있는 게 입시다. 홍지원은 모든 가능성을 열어놓고 상담에 임했다.

안타깝게도 상담을 받는 대다수는 합격 가능성이 애매하거나 낮았다. 대부분 자신의 실력보다 높은 수준의 대학에 들어가고 싶은 것이 인지상정이었고, 자신이나 자녀의 실력을 과대평가하는 경우도 많았다. 특정 시점에 좋았던 성적의 추억에 빠져 현실을 냉정하게 바라보지 못하기도 했다.

"우리 아들이 3월 모의고사는 성적이 정말 좋았거든요."

"우리 딸이 2학년 땐 전부 1등급이었는데."

"우리 애가 1학년 때만 해도 상이란 상은 다 휩쓸고 다녔는데."

학년이 올라갈수록 경쟁은 치열해질 수밖에 없다. 더군다나 재수생을 비롯해 삼수생, 사수생 등 장수생까지 합세하면 모의고사 성적이 떨어지는 건 당연한 결과이고 그 성적이 진짜 실력이다. 홍지원은 이런 점들을 친절히 설명하면서 학생이 지원할 수 있는 대학과 학과들이 어느 정도인지 성심성의껏 알려줬다. 수시엔 여섯 번, 정시엔 세 번의 기회가 있으니 상향 지원, 적정 지원, 하향 지원을 적절하게 배분하는 것도 잊지 않고 안내했다.

산전수전 다 겪은 홍지원이지만 의대 엄마 같은 사람은 또 처음이었다.

의대 엄마를 다시 만난 건 6월 말 부산에서였다. 부산시 교육청에서 주관하는 행사로 여러 대학이 참여해 돌아가면서 설명회를 진행했다. 홍지원은 설명회를 마친 후 강당을 빠져나왔다. 곧이어 W대가 설명회를 진행했기에 행사장의 열기와 달리 복도는 고요했다. 얼른 부산역으로 가야겠다는 생각에 홍지원의 발걸음이 가벼워졌다.

"홍지원 사정관님!"

누군가가 밝은 목소리로 불렀다. 그 소리에 홍지원은 고개를 돌렸다. 곱게 차려입은 한 여성이 다가오고 있었다.

누구지? 다른 대학 입학사정관인가? 이 지역 고등학교 선생님인가? 어디서 본 적이 있긴 한데 확실하지 않았다. 반면 상대방은 홍지원을 너무나 잘 아는 듯한 표정이었다.

"선생님, 저 기억 안 나세요? 저 준휘 엄마예요."

준휘? 재빨리 머리를 굴려봤지만 허사였다.

"어머. 선생님, 벌써 잊으신 거예요? 저 지금 정말 섭섭해서 눈물이 날 것 같아요."

여자는 짐짓 눈물을 흘리는 척 연기했다.

"죄송합니다. 저희가 언제……."

"우리 아들 학생부까지 봐주셨잖아요. 의대는 확답을 줄 수 없다고 하셔서 제가 그때 얼마나 서운했는지 아세요?"

아, 의대 엄마구나…… 그런데 이 사람이 왜 여기 있지? 그때 분명 서울에서 봤었는데. 홍길동이라도 되는 건가?

홍지원의 속마음을 읽듯 의대 엄마가 재빨리 말했다.

"부산에 다른 일이 있어서 왔는데, 때마침 오늘 서울 주요 대학 입학설명회가 여기서 열린다고 하더라고요. 그래서 혹시나 하는 마음에 왔는데, 선생님이 계셔서 제가 얼마나 놀랐는지 아세요?"

"아…… 그러셨군요."

홍지원은 시계를 보는 척했다.

"S대에서도 사정관 하셨죠?"

사람 뒷조사까지 하는 건가? 홍지원은 놀란 토끼 눈으로 바라봤다.

"기분 나쁘게 생각하지 마세요. 선생님 인스타그램 팔로우하면서 자연스럽게 알게 됐어요. 선생님 인스타 정말 감성적이에요."

홍지원은 팔로우해줘서 고맙다고 해야 할지, 감성적으로 봐

쥐서 감사해야 할지, 당장 팔로우를 끓으라고 화를 내야 할지 판단이 서지 않았다. 홍지원이 무슨 생각을 하든 상관없다는 듯 의대 엄마는 계속 얘기했다.

"사실 우리 준휘가 S대 의예과에도 지원하려고 하거든요. 어차피 의대를 가야 할 아이라서요. 수시 여섯 장 전부 학생부전형으로 의예과만 쓸 거예요."

의대를 가야 할 아이? 그런 아이가 따로 정해져 있는 건가?

"S대 의예과는 어때요? 당연히 뭐 하나 빠질 것 없는 학생들만 지원하겠죠? 준휘가 가능성이 있을까요? 눈곱만큼도 가능성이 없는 건 아니겠죠?"

홍지원은 재빨리 자리를 뜨고 싶은 마음에 대충 대답했다.

"아무래도 S대니까 만만치 않죠. 아주 우수한 학생들만 지원하니까요. 선발 인원이 많은 것도 아니고요."

"선생님은 참 솔직하시네요."

"네?"

"솔직해서 좋다고요."

홍지원은 영혼 없이 감사하다고 답했다.

"선생님, Q대 의대는 과학고만 뽑는다고 소문이 쫙 퍼졌는데, 맞나요? 아니죠?"

지겹도록 들어온 얘기에 홍지원은 짜증이 확 났다.

일반고에서는 특목고 학생들만 선호하는 게 아니냐는 원성을 들었고, 외고나 국제고에서는 내신 따기가 얼마나 어려운데 대학이 그런 건 알고 평가하느냐며 질책을 받았다. 과학고에서는 성적이 안 좋은 학생의 부모가 자기 자식이 일반고에 갔으면 전교 1등을 했을 거라는 근거 없는 얘기를 가만히 듣고 있어야만 했다. 맘 카페를 떠도는 온갖 소문들을 들으면서 헛웃음을 지은 게 한두 번이 아니다. 소문의 출처는 대체로 다른 엄마였고, 그 엄마도 또 다른 엄마에게 들은 걸 진실이라고 믿었다.

"어머님, 그런 건 없어요. 과학고라고 해서 성적이 안 좋은 학생을 뽑을 순 없잖아요. 그리고 Q대는 과학고 지원자가 그렇게 많지도 않아요. 걱정하지 마세요."

"의대에는 많다고 하던데요."

"물론 있긴 하죠. 그래도 일반고가 훨씬 더 많아요."

"자사고는요?"

"당연히 자사고도 있죠."

"선생님, 자사고 곧 폐지한다고 그러잖아요. 그 불이익을 우리 준휘가 받는 건 아니겠죠?"

의대 엄마의 표정이 어두워졌다.

"사람들이 영향을 미칠 거라고 하던데요."

"어머님, 그건 나중의 일이죠. 자사고가 폐지되면 자사고일 때랑 다른 평가를 받을 수밖에 없을 테니까요. 하지만 자녀분은 자사고를 다닌 게 맞잖아요."

"그럼 강남에 있는 자사고랑 비교하면 어때요? 강북에 있어서 차별당하는 거 아니에요?"

"그런 건 없습니다."

"정말이시죠?"

"네⋯⋯."

홍지원은 한숨을 내쉬었다.

"그리고 어차피 학교 이름을 가리기 때문에 솔직히 어느 학교인지 알 수도 없어요."

"아, 그래요?"

의대 엄마는 깜짝 놀라며 되물었다.

"그럼 우리 준휘는 자사고인데 피해를 받는 거 아닌가요? 일반고랑은 확실히 다른 평가를 받는 게 공정한 거잖아요. 아니에요?"

홍지원은 말문이 막혔다. '공정하다'는 게 과연 뭘까, 도대체 어떻게 하면 공정해질 수 있을까. 자기 자식이 일반고 학생보다는 좋은 평가를 받고, 과학고 학생과는 동급으로 평가받는 게 의대 엄마가 말하는 공정일까. "어머님, 부모에게 물려받은 DNA부터 공정하지 않은데, 어떤 게 공정한 걸까요?" 이렇게 되묻고 싶은 걸 가까스로 참으며 고개를 저었다.

"모르겠어요."

"네?"

"어머님, 솔직히 저도 잘 모르겠다고요. 그냥 저희는 우수한 학생을 선발할 거예요."

홍지원은 신경질적인 눈빛으로 시계를 또 쳐다봤다.

"선생님, 부산역으로 가실 거죠? 제가 태워다 드릴게요."

"아니에요. 괜찮아요."

홍지원이 야무지게 거절하자 의대 엄마는 섭섭한 표정을 숨기지 않았다.

"죄송해요, 어머님. 저 그만 가볼게요."

그러곤 뒤도 돌아보지 않고 건물을 빠져나가 택시를 잡았다. 부산역에 도착하기도 전에 의대 엄마로부터 장문의 메시지가 날아왔다. 홍지원은 메시지를 읽지도 않고 지워버렸다. 의대 엄마의 연락처도 삭제했고 카카오톡도 차단했다.

그러자 사무실로 전화를 걸어왔다. 의대 엄마인지 모르고 받았다가 30분 가까이 전화기를 붙들고 있어야 했다. 나중엔 그 번호로 전화가 오면 옆자리인 최성관 선생에게 부탁할 정도였다.

의대 엄마는 최후의 수단으로 인스타그램 DM을 보내왔다. 사실은 자기네 집안이 의사 집안이다, 준휘 할아버지, 아빠, 큰아빠, 삼촌, 고모 모두 의사이고 조카인 큰아빠의 첫째 딸도 재작년에 의대에 진학했다, 우리 준휘도 꼭 의대에 가야 한다 등 구구절절 말이 많았다. '집안에 의사가 그렇게 많으면 한 명 정

도는 다른 직업을 가져도 되지 않나' 하고 생각했지만 구태여 답
장하지 않았다.

— 선생님, 준휘 기말고사 성적까지 다 나왔어요. 제발 부탁
인데 학생부 한 번만 더 봐주세요.

홍지원은 DM을 보고 한참 고민한 끝에 학생부를 보내라고
답장했다. 빨리 상담해주고 의대 엄마의 손아귀에서 벗어나고
싶었다. 준휘는 3학년 기말고사 성적까지 아주 훌륭했다. 덜 중
요한 과목 하나를 빼곤 전부 1등급이었다. 전교 회장도 하고 봉
사활동을 300시간 넘게 하는 등 비교과도 대단히 탄탄했다. 이
정도면 정말 가능성이 있겠는데? 엄마가 얼마나 몰아붙이면 이
렇게까지 잘하는 걸까. 한 치의 흔들림 없이 기말고사까지 잘 마
무리한 녀석이 대견했고 아주 조금은 응원하는 마음도 생겼다.

그래, 꼭 의대에 붙길 기원할게. 훌륭한 의사가 돼서 하루빨
리 너희 엄마 의대병을 치료해주렴.

홍지원은 의대 엄마에게 전화를 걸어 준휘가 정말 대단하다
며 칭찬을 해줬다. 이 정도면 충분히 지원해볼 만하다고 평소와
달리 힘주어 말했다. 어차피 의대 엄마가 듣고 싶은 얘기는 그거
였고, 그 얘기를 듣기 전까진 상담이 끝나지 않을 것이다. 학수
고대하던 얘기를 들은 의대 엄마는 감격해 울먹였다. 홍지원은
좋은 일 있길 바란다고 말한 뒤 전화를 끊었다. 이젠 정말 끝이
라는 생각에 속이 후련해졌다.

하지만 의대 엄마는 보통 거머리가 아니었다. 며칠 후 또 DM을 보내왔다.

— 선생님, 우리 준휘 자기소개서도 한번 봐주실 수 있으세요?

"이런 미친년이 진짜."

홍지원이 나지막하게 읊조렸다. 앞자리인 윤소희 입학사정관이 모니터 사이로 슬쩍 쳐다보다 재빨리 고개를 숙이는 게 느껴졌다. 후…… 답장도 안 했는데 의대 엄마는 막무가내로 아들의 자기소개서를 보내왔다. 파일을 열지도 않고 바로 답장을 보냈다.

— 정말 잘 썼네요. 제가 딱히 뭐라고 말씀드릴 게 없어요.

— 벌써 다 읽으셨어요? 선생님, 천천히 살펴봐주세요.

— 어머님, 걱정하지 마세요. 정말 좋아요. 완벽해요!

읽으나 마나 잘 썼을 게 분명했다. 준휘가 썼는지, 엄마가 썼는지, 학교 선생님이 썼는지, 학원 선생님이 썼는지, 소설가가 썼는지, 돈을 퍼부어서 누군가 썼는지 알 길이 없지만, 어떻게든 기가 막히게 잘 썼을 게 틀림없었다.

— 선생님, 초복인데 삼계탕은 드셨어요?

— 여름휴가는 언제 가세요? 바쁘시더라도 쉬면서 일하세요.

의대 엄마는 무더운 여름이 흘러가는 동안 끊이지 않고 연락을 해왔고 그때마다 홍지원은 건성으로 응답했다. 마음 같아선 의대 엄마에게 한덕수 처장의 연락처를 몰래 알려주고 싶었다.

한덕수도 상담하다가 난해한 사람을 만나면 언제든지 자신에게 도움을 요청하라고 했었다. 거머리 같은 학부모와 말 고문의 대가가 맞붙으면 누가 먼저 나가떨어질지 궁금했지만, 도리에 어긋나는 것 같아 겨우 참았다.

본격적으로 입시가 시작되는 가을이 오기도 전에 홍지원의 체력은 바닥나 있었다. 홍지원의 만류에도 불구하고 엄마는 보약을 지어서 보냈다. 보약보다 로또 당첨이 절실했으나 아침마다 보약을 챙겨 먹었고, 이상하게도 보약을 마실 때마다 의대 엄마가 생각났다.

의대 엄마도 아들에게 보약을 지어주겠지? 세상 모든 엄마의 마음은 다 똑같은 거겠지?

봄부터 이어진 대학 홍보와 입시 안내는 코엑스에서 열리는 수시 박람회에서 정점을 찍었다. 전국의 대학교가 참여하기에 학생과 학부모들은 마지막 상담의 기회를 놓치지 않으려고 전국 각지에서 몰려들었다. 인기가 많은 대학교는 번호표를 발급해 순번을 정해주기도 했는데, 그 번호표를 받으려고 새벽부터 행사장 앞은 장사진을 이뤘다. 나흘간 진행되는 행사에 입학사정관이 교대로 투입되었고 홍지원은 이틀간 참여했다. 아침부터 저녁까지 쉴 새 없이 떠들다 보면 목이 너무 아파서 평소엔 전혀 찾지 않는 목캔디에도 저절로 손이 갔다.

3년간 잘 준비해서 충분히 합격할 것 같은 학생을 보면 괜히 흐뭇했고 애매한 학생을 만나면 애가 탔다. 준비가 잘되어 있지 않아 답답해하는 학생과 학부모를 보고 있자면 고구마를 먹는 느낌이었다. 입시를 앞둔 수험생에게 조금이라도 도움이 될 만한 얘기를 해주기 위해 노력했지만 얼마나 힘이 될지는 알 수 없었다.

　마지막 학생의 상담을 끝내고 진이 다 빠져 있을 때였다. 얼른 집에 가서 잠이나 자야겠다고 생각하며 부스를 정리하고 행사장을 빠져나가는데, 거짓말처럼 눈앞에 의대 엄마가 나타났다. 심각한 표정으로 누군가를 붙잡고 있었는데 다른 대학 입학사정관인 것 같았다. 그 사람도 새파랗게 질린 얼굴이었다.

　아, 나만 괴롭힌 게 아니었구나. 당연히 그랬겠지…….

　홍지원은 의대 엄마에게 붙잡혀 있는 사람이 불쌍하고 안타까우면서도 여기를 재빨리 벗어나야겠다는 생각이 번쩍 들었다. 그 순간 의대 엄마가 홍지원을 향해 고개를 싹 돌렸다. 그리고 쥐를 발견한 고양이처럼 잽싸게 돌진해왔다. 홍지원은 깜짝 놀라 도망치지 못하고 차갑게 식은 시멘트처럼 그대로 굳어버렸다. 의대 엄마는 이미 수차례 해왔던 질문들을 퍼부으며 확신을 얻고자 했다.

　"어머님, 계속 말씀드렸잖아요. 지원하시라고요. 그럴 만한 수준이라고요."

"가능성을 몇 퍼센트로 보세요?"

"그걸 제가 어떻게 알겠어요?"

"대략적으로요."

의대 엄마는 끈질기게 물고 늘어졌고 홍지원은 될 대로 되라
는 심정으로 대답했다.

"반반이죠. 붙거나 떨어지거나."

"네?"

"붙거나 떨어지거나 확률은 50 대 50이라고요."

자리를 뜨려고 하자 의대 엄마가 홍지원의 손목을 힘껏 낚아
챘다.

"아! 지금 뭐 하시는 거예요?"

홍지원이 두 눈을 부릅떴다. 집으로 돌아가던 사람들이 웅성
거리며 두 사람을 주목했다.

"선생님, 제가 선생님께 무슨 잘못이라도 했나요? 저한테 이
러시면 안 되는 거 아니에요?"

"제가 뭘요? 제가 뭘 더 어떻게 해드려야 하는데요?"

"우리 준휘 의대 꼭 보내야 한다고요!"

홍지원은 이가 갈리는 기분이었다. 의대 건물을 잘근잘근 갈
아서 입에 처넣어 주고 싶었다. 한참 눈빛으로 신경질을 벌이다
말문을 열었다.

"어머님, 그럼 이렇게 하시는 건 어떨까요? 사실 의대 가는 거

그렇게 어렵지 않아요. 지하철을 타시고 Q대입구역에서 내리시면 돼요. 우리나라만큼 지하철이 잘 갖춰진 나라도 없잖아요. 대신 출퇴근 시간은 피하시고요. 아시다시피 사람이 엄청 많거든요."

의대 엄마의 눈이 똥그래졌다.

"아, 그리고 어머님, Q대입구역 3번 출구에서 학교 셔틀을 타시는 걸 추천해드릴게요. 의대 건물이 좀 안쪽에 있어서요. 학교가 생각보다 넓거든요. 그럼 이만."

홍지원은 팽 돌아서 행사장을 빠져나갔다. 아드레날린이 미친 듯이 솟구치는 것 같았다.

"학부모가 아무리 진상이라도 그렇죠. 지하철 타고 오면 된다는 게 할 소리예요? 그런 얘기 듣고 가만히 있을 사람이 어디 있겠어요? 홍 사정관님 베테랑이라고 생각했는데……."

오현종의 미간이 한없이 좁아졌다. 홍지원은 고개를 푹 숙인 채 죄송하다고 거듭 사과했다.

"저한테 사과하면 뭐 합니까. 학부모한테 당장 전화해서 사과하세요. 안 되면 직접 찾아가서라도 마음을 풀어드리세요. 가볍게 여길 일이 아닙니다."

그때 전화벨이 울렸다. 오현종이 전화를 받더니 벌떡 일어났다.

"뭐? 학부모가 총장실에 와 있다고?"

오현종은 세상을 다 잃은 것 같은 표정이었다. 전화를 내려놓고 민머리를 감싸 쥐곤 홍지원을 가만히 노려보았다.

망할 아줌마. 역시 보통 인간이 아니었어.

홍지원은 눈을 감은 채 부르르 떨었다.

"눈 감고 뭐 해요? 자, 갑시다."

"어디를⋯⋯."

"총장실에 같이 가야죠!"

서류 평가는 어려워

하늘은 높고 말은 살찌는 계절이 돌아왔다. 이 짧은 계절을 놓칠세라 너나없이 산과 바다와 강을 찾아 단풍놀이를 즐겼지만, 입학팀은 단풍은커녕 햇볕도 들지 않는 평가장에 틀어박혀 학생부, 자기소개서와 씨름하며 보내야 했다.

경지혜 책임은 "가을은 내 인생에서 사라진 계절이다"라며 한탄했다. 이에 "그래도 캠퍼스에서나마 가을을 느낄 수 있어서 다행이지 않느냐"고 김지민 과장이 말했지만 그 말이 위로가 되진 않았다. 한마디로 하늘이 높은지 낮은지는 알 길이 없고 가만히 앉아서 평가만 하는 바람에 살만 쭉쭉 찌는 계절이었다. 과자를 입에 달고 살아서 한두 달 사이에 눈에 띄게 몸이 불어나는 사람도 있었다. 다이어트를 결심했던 홍지원 선생은 스트레스를 이기지 못하고 초콜릿을 끊임없이 찾았다.

서류 평가는 보안 문제로 지하 2층에 있는 별도 평가장에서
진행했다. 창문 하나 없는 답답하고 삭막한 공간이었다. 양주희
선임은 시야가 확 트인 고층에서 평가하면 좋겠다며 구시렁거
렸고, 조규학 선임은 어차피 놀러 가지도 못할 바에야 지하에 처
박혀 있는 게 낫다며 단념했다.

평가장에는 'ㄷ'자 형태로 벽을 등진 채 좌석이 깔려 있었고,
각자 한 자리씩 차지해 영역을 표시했다. 홍지원 선생은 조금이
라도 덜 삭막해 보이려고 사무실에 있던 작은 스투키 화분을 가
져와 테이블에 올려놓았고, 최성관 선생은 거북목 방지를 위해
두꺼운 책 여러 권을 모니터 아래에 깔아두었지만 정신을 차려
보면 어느새 어깨는 말려 있고 목은 겁먹은 자라처럼 굽은 채로
쑥 들어갔다. 김지민 과장은 꾸준히 스트레칭을 해야 한다며 사
람들을 독려했지만 정작 본인도 평가를 시작하고부터 책상에만
콕 박혀 보냈다. 평가장 한가운데 놓인 필터를 언제 갈았는지 알
수 없는 공기청정기는 시종일관 뻘겋게 달아올라 있었다.

한덕수 처장이 애원했던 것처럼 올해 Q대 수시모집 경쟁률
은 말 그대로 대박이 났다. W대는 물론 O대와 F대의 경쟁률을
압도적인 수치로 넘어섰다. 한덕수는 흥분을 감추지 못해 상기
된 얼굴로 지나가는 사람 아무나 붙잡고 승전보를 전했다. 오현
종 팀장 또한 자신의 마지막 입시가 대박이 나서 유종의 미를 거

둘 수 있었다며 흐뭇해했다. 배인학 총장은 물론 문경자 이사장까지 나서서 직접 축하 메시지를 전하자 한덕수와 오현종은 감개무량해 눈물을 흘릴 지경이었다.

안타깝게도 한덕수와 오현종이 즐거워하는 만큼 직원들은 괴로울 수밖에 없었다. 지원자가 많이 늘었다는 건 그만큼 일도 늘어난다는 뜻이었다. 6월에 윤소희, 7월에 강혜윤, 정예림 계약직 입학사정관을 신규 채용하지 않았더라면 여기저기서 곡소리가 들릴 뻔했다.

윤소희 입학사정관은 첫 직장에서 제대로 일해보겠다는 다짐이 무색하게 빠른 속도로 지쳐갔다. 가을이 오면 바빠진다는 얘기에 마음의 준비를 단단히 했건만 계속되는 야근으로 열정은 순식간에 녹아내리고 있었다.

취직이 끝이 아니라 시작이라더니. 그 말이 정말 맞는 얘기였어.

학생의 인생이 걸려 있다는 생각에 일을 대충 할 수도 없는 노릇이었다. 윤소희는 눈을 껌뻑거리며 학생부와 자기소개서를 꼼꼼하게 읽어나갔지만 좀처럼 속력이 붙지 않았다. 매일 분량을 정해놓고 계획성 있게 평가를 진행하라는 양주희 선임의 당부에도, 윤소희는 늦은 밤까지 평가하고도 분량을 채우지 못했다. 그런 윤소희를 보며 하루는 양주희가 충고했다.

"윤 쌤, 기세를 잡았으면 일단 쭉 밀고 나가야 해요. 한 명 한 명 붙잡고 앓다간 기간 내에 평가 못해요. 나중에 다시 조율하면 되니깐 머뭇거리지 말라고요. 그리고 한 학생을 쌤 혼자 평가하는 것도 아니잖아요. 다른 누군가가 교차로 평가하니까 쌤이 놓치는 건 다른 평가자가 잡아줄 거예요. 자신도 믿고 다른 사람도 믿고."

Q대는 1차 평가에선 평가자 두 명이 한 학생을 평가했고, 2차 평가에선 또 다른 평가자 두 명이 1차 평가의 결과물을 살펴보며 조율했다. 끝으로 3차 평가에선 전반적인 부분들을 재점검했다. 적어도 네다섯 사람이 한 학생을 평가하는 꼴이었기에 누군가가 실수하거나 편견에 사로잡혀 왜곡되게 평가한 경우를 어느 정도 보완할 수 있었다.

"그러니까 바람을 타고 나아가는 요트처럼 기세를 잡고 거침없이 쭉쭉!"

하지만 말이 쉽지 윤소희는 기세를 잡기는커녕 오히려 지원자에게 빼앗겼다. 학업 역량, 활동 역량, 진로 역량 세 가지 영역을 모두 평가한 후 다른 학생으로 넘어가려고 하면 지원자가 "정말 제대로 평가하신 거 맞아요? 제 피땀과 눈물을 바쳤는데 고작 이 점수를 주신다고요?"라고 따지는 것만 같았다. 그럼 마음이 약해져 다시 그 학생을 살펴보고, 그전 학생은 어떻게 점수를 줬는지 재검토하기에 이르렀다. 진도는 나가지 않는데 점심

시간은 어김없이 찾아왔다.

"저, 오전에 세 명밖에 못 했어요."

윤소희가 주문한 음식을 기다리며 토로하자 홍지원 선생이 위로했다.

"쌤, 괜찮아요. 처음이니깐 어쩔 수 없어요. 점점 빨라질 거니까 걱정하지 마요."

강혜윤 입학사정관도 힘을 실어줬다.

"저도 몇 명 못 했어요. 우리 너무 조바심 내지 말고 해요. 그리고 제가 아직 경력은 미천하지만 입학사정관에게 꼭 필요한 능력이 있다는 걸 깨달았어요."

"오, 그 능력이 뭔지 저 알 것 같아요. 빠른 판단력 아닐까요?"

정예림 입학사정관이 끼어들었다.

"그것도 맞는 말이네요. 제가 생각한 것도 속력에 관한 것이긴 한데요, 판단력도 중요하지만 일단 빨리 읽는 능력이 꼭 필요한 것 같아요. 이럴 줄 알았으면 속독이라도 배워둘 걸 그랬어요."

강혜윤이 얘기하자 윤소희가 박수를 치며 인정했다.

"쌤들이 아직 잘 몰라서 그러나 본데, 제일 중요한 건 그게 아니에요."

홍지원이 고개를 절레절레 저었다.

"그럼 뭐예요?"

"체력이에요, 체력. 제가 여름에 괜히 보약을 지어 먹었겠어요? 미리미리 몸을 만들어야 외롭고 추운 가을, 겨울을 버티죠. 그러니 평가 생각은 잠시 접어두고 밥부터 잘 먹읍시다."

점심을 먹고 윤소희는 평가장으로 직행했다. 오늘은 어떻게든 목표한 분량을 달성해야겠다고 다짐하며 평가 시스템에 로그인했다. 일관성을 유지하기 위해 아침에 평가한 학생들을 가볍게 살펴보려는데 머릿속에 물음표가 두둥실 떠다녔다.

내가 왜 이렇게 평가했지? 점수를 후하게 준 건 아닐까? 이 학생은 너무 낮게 줬네?

불과 몇 시간 전에 평가한 것도 의심이 들기 시작하자 윤소희는 급격하게 흔들렸고 어제 한 평가도 의심의 눈초리로 다시 들춰봤다. 마찬가지로 왜 이렇게 평가했는지 헷갈렸다. 스스로 납득할 수 있을 때까지 평가 서류들을 계속 들춰봤다. 그리고 새로운 학생을 평가하려는데 눈꺼풀이 무거워지기 시작했다. 주변을 둘러보니 몇몇은 이미 졸고 있었다. 기세가 중요하다던 양주희마저 책상에 엎드려 자고 있었다. 윤소희는 못 이기는 척 마우스에서 손을 떼며 스스로 합리화했다.

졸면서 학생들을 평가할 순 없잖아. 잠시 눈 좀 붙이고 일어나서 맨정신으로 해야지.

속독을 할 수 있으면 좋겠다던 강혜윤은 평가를 진행하면 할

수록 훨씬 더 많은 능력이 필요하다는 걸 뼈저리게 깨달았다. 눈을 보호하려고 블루라이트 차단 안경까지 준비했지만 정작 차단된 건 블루라이트가 아니라 학생의 역량을 제대로 평가하는 능력인 것 같았다.

조규학 선임은 '일관성'이 가장 중요하다고 강조했다. 아침엔 쌩쌩해서 점수를 잘 주고, 오후엔 졸려서 점수를 낮게 주고, 저녁엔 퇴근할 생각에 마음이 급해서 점수를 높게 주면 안 된다는 거였다. 마찬가지로 어제는 수학 성적을 눈여겨보다가 오늘은 영어 성적에 초점을 맞추고, 내일은 국어 성적을 집중적으로 살펴보는 우를 범해선 안 될 일이었다. 또한 평가 초반에는 공부를 잘하는 학생을 선발하다가 후반부에 가서는 비교과가 우수한 학생들만 고르면 곤란할 터였다.

과연 사람이 그러한 평정심과 일관성을 갖출 수 있을까.

강혜윤은 조심스레 고개를 저었다. 처음으로 이 직업이 자신과는 잘 맞지 않는다고, 이 일을 수행하기엔 자신의 능력이 턱없이 부족하다고 생각했다. 실력 없는 의사가 함부로 메스를 들면 안 되는 것처럼 평가능력이 부족한 입학사정관이 학생을 평가해선 안 되는 게 아닐까. 이런 고민을 털어놓았더니 홍지원도 크게 공감한다며 대뜸 질문을 던졌다.

"쌤. 솔직히 사람이 평가를 잘할 것 같아요, 인공지능이 더 잘할 것 같아요?"

"인공지능이요?"

"네. 인공지능이요, AI."

"글쎄요. 둘 다 장단점이 있을 것 같긴 한데요……. 표면에 드러나지 않는 뭔가를 파악하는 건 사람이 나을 것 같고, 학생부에 기재된 정량적인 데이터를 추출해서 객관적으로 바라보는 건 AI가 더 잘할 것 같기도 하고. 어렵네요, 잘 모르겠어요. 아, 아니다. 솔직히 저보다는 AI가 훨씬 나을 것 같아요."

"저도 그렇게 생각해요. 적어도 AI는 평가하면서 졸진 않을 거 아니에요. 배고프지도, 놀고 싶지도, 지치지도 않을 거잖아요. 학습만 잘 시켜놓으면 수천 명도 금세 해버리지 않을까요? AI가 저 대신 평가를 해주면 좋겠어요."

"그렇네요. 그런데, 그렇게 생각하니까 너무 슬픈데요."

"왜요?"

"그럼 이 직업은 미래가 없는 거잖아요."

"그런 날이 다가오면 우린 다 실직하고 말겠네요. 물론 그때까지 우리가 멀쩡하게 살아 있을진 모르겠지만."

홍지원은 피식 웃었다.

"우리 너무 먼 미래는 걱정하지 말아요. 눈앞에 있는 학생에만 집중하자고요. 그리고 지금처럼 스스로 의심하는 자세가 오히려 잘하고 있다는 증거인 거 같아요. 솔직히 가장 위험한 사람이 어떤 사람인 줄 알아요?"

"어떤 사람인데요?"

"자신이 평가한 걸 전혀 의심하지 않는 사람, 자신이 무조건 맞다고 생각하는 사람이죠. 그런 사람이 훨씬 더 위험해요. 우리 아메바 처장님 같은 분들 말이에요."

"저 지금 생명과학과 평가하고 있는데 처장님께 어떤 학생이 생명과학과에 적합한지 여쭤봐야 할까요? 처장님이 생명과학과 교수잖아요."

"와. 쌤이 찾아가면 처장님 아마 좋아서 어쩔 줄 모를걸요? 궁금하면 한번 찾아가보세요. 단, 반나절 정도 바칠 각오는 하시고."

"아, 그럼 안 되겠어요. 평가할 시간도 부족한데…… 쌤은 맡은 학과가 어디예요?"

"사학과랑 국어국문학과를 배정받았는데 일단 사학과부터 하고 있어요. 자연계를 하고 싶었는데, 아쉽네요."

"오, 저는 인문계가 하고 싶은데. 우리 서로 바꿀까요?"

"그러고 싶지만 안 바꿔주실 거예요. 이때까지 평가한 것도 있으니까 그냥 해요."

"네. 쌤, 힘내세요."

"쌤도 처장님이 놀랄 만한 우수한 학생 잘 찾아보시고요."

자리로 돌아온 강혜윤은 자신감을 조금 되찾았다. 자신감만으로 평가를 잘할 수 있는 건 아니었으나 지나치게 위축될 필요도 없다고 느꼈다.

그래, 계속 의심하자. 서두르지 말고 눈 부릅뜨고 의심하면서 천천히 살펴보자.

그 시각 장대현 차장도 학생부를 들여다보며 끝없이 의심하고 있었다. 이 학생의 고등학교가 강남에 있는 학교인지 아닌지, 서울에 있는 학교인지 아닌지, 특목고인지 아닌지, 자사고인지 아닌지…… 작년까지만 해도 학교명을 볼 수 있었기에 이렇게 의심하며 추리할 필요가 전혀 없었다. 장대현은 학교 이름만 봐도 어느 지역인지, 어떤 유형의 학교인지, 어떤 점이 강점인 학교인지, 진학 실적은 어떤지 대충 눈에 그려졌다. 그런데 이젠 학교 이름을 볼 수 없으니 눈을 가리고 평가하는 것만 같았다.

학생부종합전형을 깜깜이전형이라고 욕하더니, 이젠 아예 평가자 눈을 가려놨잖아.

평가에 들어가기 전까지만 해도 학생부를 읽으면 어느 학교인지 짐작할 수 있으리라 생각했다. 실제로 그런 학교도 제법 있었다. 특히 몇몇 특목고는 딱 알아봤다. 하지만 극소수에 불과했다. 베테랑인 자신도 이 지경인데 다른 평가자들이 무슨 수로 딸이 다니는 강남의 우수한 일반고를 알아볼까.

장대현은 딸과 아내를 설득해 강남에 계속 머무르는 데 성공하기는 했지만 딸의 기말고사 성적은 여전히 중간고사 성적과

대동소이했다. 이 성적으로 학생부전형은 어림도 없었다. 더군다나 학교 이름까지 가려져 있으니 강남의 내로라하는 학교라고 점수를 좀 더 후하게 줄 리도 없었다.

씨발, 이게 공정한 거야? 우수한 학생들이 모여서 경쟁하는 바람에 성적 받기 어려운 걸 고려해주는 게 공정한 거 아니냐고. 공부랑 담쌓고 지내는 애들이 밑바닥 깔아주는 곳이랑 어떻게 같겠냐고.

장대현은 분통이 터져 죽을 것 같았지만 속 시원하게 털어놓을 곳도 없었다. 그런 장대현의 마음도 모르고 경지혜는 예전보다 평범한 일반고에서 합격자가 많이 나올 것 같다고 전망했고 은근히 그러길 바라는 눈치였다. 참다못한 장대현은 앞으론 정시 선발 인원을 더 늘려야겠다고 공공연하게 떠들어댔다.

"다시 정시를 늘려야 해. 수시는 안 되겠어."

평가를 진행하면 할수록 혼잣말 아닌 혼잣말이 늘어났다.

"학생부종합은 말할 것도 없고 학생부교과도 문제가 심각해. 다 없애버려야 돼. 정시 100퍼센트, 수능 100퍼센트가 제일 깔끔해. 가장 공정하고."

하루는 경지혜가 장대현을 끌고 나갔다.

"저기 장대현 차장님, 다른 사람들 다 들리게 뭐 하시는 거예요?"

"경지혜 책임님, 제가 뭘 잘못했길래 그러세요?"

평소와 다르게 둘은 서로 존대했다.

"다른 사람들 평가하는데 계속 방해하시잖아요. 마음에 안 드는 부분이 있다는 건 알겠는데, 그걸 꼭 노골적으로 표현하실 필요는 없잖아요. 애도 아니고요."

"뭐라고요? 지금 저한테 애 같다고 하신 거예요?"

"네, 감정 컨트롤 못하는 철부지요."

"저 지금 굉장히 감정 컨트롤 잘하고 있고요. 합리적으로 사고할 수 있는 사람이라면 그런 얘기가 나올 수밖에 없는 상황이에요."

"도대체 뭐가 합리적이라는 말씀이죠?"

"지금의 수시 제도에는 문제가 많아요."

"작년까진 괜찮았고요?"

"작년에도 문제가 많았지만 올해는 더 심각해졌어요. 겉으로 보기엔 공정해진 것 같지만 사실은 더 불공정해졌다고요."

"왜곡이 심하시네요."

"아뇨. 분명히 학교마다 편차가 존재하는데 그걸 덮어놓고 평가하는 게 말이 된다고 생각하세요?"

"지금 고교등급제라도 하자는 말씀이세요?"

"못 할 것도 없죠. 솔직히 고교등급을 만든 게 누굽니까? 그게 대학입니까? 특목고, 자사고, 비평준 지역 고교, 이런 걸 만든 건 우리가 아니라 정부고 이 나라예요."

"갑자기 무슨 말씀을 하는 거예요?"

"수시가 불공정하다고. 완전히 틀려먹었다고."

장대현이 갑자기 반말로 전환하자 경지혜도 곧바로 응수했다.

"그럼 정시는 완벽해?"

"그래!"

"도대체 뭐가 완벽한데? 수능이 애들 정답 맞히는 기계로 만든다며, 고등학교 교실을 다 망가뜨린다며. 너 기억나지? 한때이 사업명이 뭐였는지. 고교 교육 정상화 기여 대학 지원사업이었어. 한마디로 고교 교육이 비정상이었단 말이지."

"너 뭔가 착각하나 본데, 고등학교 선생님 중에서도 수시에 불만인 사람 엄청 많아. 정시로 돌아가야 한다는 분들이 얼마나 많은데. 지금처럼 대다수의 학생들이 대학을 가는 시스템이라면, 결국 고등학교 교육은 입시로 귀결될 수밖에 없어. 그렇다면 수능이 가장 공정하게 학생들을 줄 세우는 방안 아니야?"

"수능이 정말 공정한 건 맞아? 현역이랑 재수생, 삼수생, 장수생이 똑같은 시험으로 실력을 겨루는 게 공정해?"

"재수, 삼수가 무슨 죄냐? 그럼 그 학생들한테 무슨 페널티라도 줘야 하는 거야?"

"재수, 삼수도 돈이 있어야 하는 거야. 그리고 한 문제 차이로 학과가 바뀌고 두 문제 차이로 대학이 바뀌는데, 한두 문제만 잘 찍으면 더 좋은 대학에 갈 수 있는 게 과연 공정한 거야? 그날 컨디션이 나쁜 학생은 어떡하라고."

"찍는 것도 실력이야. 컨디션 조절은 말할 것도 없고."

경지혜는 가만히 장대현을 노려보다가 말을 뱉었다.

"너 정시만 늘어나면 령아가 대학 잘 갈 수 있다고 생각하는 거야?"

"적어도 지금보단 훨씬 낫겠지."

"너도 고등학생 자녀를 둔 부모가 되니 어쩔 수 없구나."

그러곤 "미안한데 네 딸 실력으로는 정시로도 어림없어, 공부 못하는 것들이 꼭 입학전형 탓하더라, 꼴사납게 불공정하다고 투덜대기나 하고"라는 말을 하고 싶었으나 경지혜는 꾹 참았다.

"도대체 어쩌다 이렇게 됐니? 얼마 전까지만 해도 학종이 자리를 잘 잡아가고 있다던 녀석이."

"그땐 그랬지. 하지만 지금은 아냐. 사람들이 문제가 많다고 하는 데는 이유가 있는 거야."

"알아, 그건 나도 인정해. 학생부전형 문제가 많지. 학생부종합도 학생부교과도. 솔직히 면접이랑 논술은 더 심각하잖아. 그렇다고 옛날로 회귀하자는 건 좀 어리석지 않니? 4차 산업혁명이니 뭐니 세상은 나날이 발전하면서 바뀌고 훨씬 더 창의적인 인재를 원하는데, 수능이 해결책이 될 수 있겠냐고."

"학종으로 선발한 학생들이 다 창의적이냐? 그건 아니잖아."

"사교육 문제는 어쩌고? 수능은 무조건 사교육 싸움이야."

"학생부도 마찬가지지. 학교에서 제일 많이 배우는 게 뭔데? 국영수사과잖아. 사교육 가장 많은 것도 그거고. 그리고 사교육 문제는 어떻게 하든 절대 해결되지 않아. 사교육 시장이 과열돼서 문제라고 떠들고 다니는 사람들조차 자기 자식만큼은 사교육을 열나게 시키거든. 너도 네 아들 초등학교 1학년 때부터 학원 엄청 돌렸잖아. 내가 다 알거든?"

"야, 그건."

"됐고! 사교육은 절대 없어지지 않아. 똥을 잘 싸는 학생에게 좋은 점수를 주겠다고 해봐라. 똥 잘 싸는 법 가르치는 학원이 우후죽순 생기지. 그것만 생기겠냐? 제약회사는 변비약을 엄청 개발할 거고, 일주일 완성 예쁜 똥 싸기 특강 이런 것도 생길 거야. 그리고 막말로 사교육이 뭐가 문젠데? 더 잘하고 싶어서 배우겠다는데, 오히려 더 장려해야 하는 거 아니야?"

"돈 있는 집만 할 수 있잖아. 돈 없으면 못 배우고."

"경지혜, 네가 왜 그걸 걱정해? 네가 돈이 없는 것도 아니고 갑자기 사회주의라도 부르짖고 싶은 거야? 도대체 왜 세상 물정 모르는 애가 됐냐고."

"장대현, 너야말로 우리나라 입시 정책 그만 걱정해. 네가 아무렇게 떠들고 다닌다고 바뀌는 것도 아니고. 그러니까 철없는 소리 그만하고 조용히 기간 내에 정성을 다해 평가나 마무리해."

경지혜가 삿대질하며 경고했다.

"그리고 하나 더. 적어도 나를 비롯해 계약직 사정관 쌤들 앞에서 그런 얘기는 절대 하지 마. 학생부전형 없어지면 너는 여기서 다른 업무를 하든 다른 부서를 가든 하겠지만, 나나 저 사람들은 다 짐 싸서 여기 떠야 해. 알겠어?"

경지혜는 곧바로 홱 돌아 자리를 떴다. 하지만 평가장에 들어가지 못하고 복도를 서성거리며 화를 삭였다.

내 인생이 어쩌다가 이렇게 됐을까. 이게 다 망할 놈의 교육부 때문이지.

화살은 애꿎은 교육부로 가서 꽂혔다.

교육은 백년지대계라는데, 교육부는 부침개 뒤집듯 정책을 이랬다저랬다 뒤집고 있었다. 한때는 한계가 분명한 수능 중심의 교육정책에서 벗어나 미국의 선진 입시정책을 가져온다며 수시를 늘리라고 난리더니, 몇몇 문제가 불거져 여론이 안 좋아지자 다시 정시를 늘리라고 대학을 압박했다. 빈대 잡으려고 초가삼간 다 태울 태세였다. 각기 다른 재능을 갖춘 인재를 선발하기 위해 대학이 자율적으로 입학전형을 기획하라고 했다가도, 전형이 복잡해져 학생, 학부모, 교사가 괴로워하면 혼선이 많다는 이유로 획일적인 입학전형을 강요했다. 이쪽 면이 조금 타면 다른 면으로 뒤집고, 그 면이 타면 놀라서 다시 다른 면으로 뒤집는 식이었다. 덩달아 경지혜도 이리 뒤집히고 저리 뒤집혔고,

뒤집힐 때마다 이러다 타 죽는 건 아닌지 불안에 떨었다.

언제든지 학교에서 쫓겨날 수 있어…….

책임 입학사정관이 되면서 점점 옅어지긴 했어도 그 찜찜하고 더러운 기분은 사라질 듯 사라지지 않고 계속 따라다녔다. 학교는 책임이든 선임이든 필요 없으면 언제든 헌신짝처럼 버리거나 어딘가에 처박아두고 자존감을 무너뜨려 끝내 스스로 떠나게 할 터였다. 이제 막 입시계에 첫발을 뗀 입학사정관들을 생각하니 막막했다.

내가 저 사람들을 책임질 수 있을까. 도대체 뭘 할 수 있기에 나에게 책임이라는 딱지를 붙여놨을까.

복도 창문으로 낙엽이 떨어지는 것을 보며 잡생각에 빠져 있던 경지혜는 순간 깨달았다. 대단히 오만하고 쓸데없는 걱정을 하고 있다는 것을. 다른 인간들 걱정하고 있을 여유가 없었다. 지금 당장 해야 할 건 배정받은 평가를 최대한 빨리 마무리하는 거였다. 경지혜는 잰걸음으로 평가장을 향해 나아갔다.

평가장에는 키보드 타자 소리와 마우스 클릭 소리 그리고 스크롤 오르내리는 소리가 끊이지 않았다. 한숨 쉬는 소리와 앓는 소리도 점점 늘어났다. 피로가 쌓이면서 점점 더 예민해졌고 얼굴에선 미소가 사라졌다. 평소에는 아무렇지 않게 넘길 수 있는 일에도 민감하게 반응했다. 가능하면 서로 부딪치지 않고 주어진 평가에만 집중하는 게 이 시즌을 무사히 보내는 현명한 방법이었다.

정예림 입학사정관은 책상에 배를 바짝 밀착시키고 모니터에 빨려 들어갈 것만 같은 자세로 집중하고 있었다. 이어폰을 꽂고 있지만 음악이 흘러나오는 건 아니었다. 괜한 방해를 받고 싶지 않았다. 정예림은 특유의 성실함으로 단어 하나 빼먹지 않고 학생부와 자기소개서를 꼼꼼히 읽었다. 조금이라도 더 우수한 학생, 뭐라도 더 특별한 학생을 선발하고 싶었다. 하지만 결국 눈에 들어오는 건 성적이었다.

소에 등급을 매기듯 찍혀 있는 등급.

학생을 소에 빗대기에 뭣하지만 성적만으로도 학생을 구분 지을 수 있었다. 비교과가 아무리 탄탄해도 성적이 별로면 좋은 점수를 주기 망설여졌다. 양주희 선임도 가장 중요한 건 성적이라고, 성적보다 학생의 성실성과 능력을 더 잘 보여주는 건 없다고 강조했다. 그 얘기엔 정예림도 동의하는 바였으나 성적이 비슷한 학생들 중에서는 조금이라도 전공에 관심 있는 학생을 선발하려고 노력했다. 하지만 안타깝게도 정예림이 평가하고 있는 철학과에는 그런 학생이 거의 없었다.

자기소개서에는 하나같이 철학을 공부하기 위해 태어난 사람처럼 어필했으나 학생부 그 어디에서도 근거를 찾긴 어려웠다. 인문학을 사랑한다면서 3년간 읽은 책이 10권도 안 되거나 같은 자기소개서를 여기저기 돌려쓰느라 대학명과 학과명을 잘못 작성한 학생도 있었다.

하긴, 요즘 같은 세상에 철학을 공부하고 싶은 학생이 얼마나 있겠어. 그래도 자기소개서를 쓴다고 얼마나 고생했을까.

정예림은 취업을 준비하며 수없이 썼던 자기소개서를 떠올리며 학생들에게 동병상련을 느꼈다. 듣도 보도 못한 회사의 관심도 없는 직군에 지원하면서 마치 평생 그곳을 향해 질주해온 것처럼 연기해야만 했다.

그래도 분명 누군가는 정말 이 학과에 관심이 있을 거야.

정예림은 눈을 부릅뜨고 고만고만한 성적대의 학생들 중에서 조금이라도 전공에 관심 있는 학생, 잠재력이 높은 친구, 문경자 이사장이 주장하는 이무기 같은 학생을 찾았다. 하지만 아쉽게도 그런 학생은 좀처럼 눈에 띄지 않았다.

"조 선임님, 좀 특별한 학생들 보이세요? 전공 적합성이 아주 우수하거나 잠재력이 높은 이무기 같은 학생이요."

퇴근길에 정예림은 조규학 선임에게 물었다.

"아니요. 다 비슷비슷하죠."

"그렇죠? 저만 그런 거 아니죠?"

"쎔, 어디 평가하세요?"

"철학과요. 선임님은요?"

"저는 화학공학과요. 아무래도 자연계니까 수학, 과학 성적을 중점적으로 보고 있긴 한데 수학이 우수하면 과학이 아쉽고, 과학이 괜찮으면 수학이 떨어지는 식이에요. 둘 다 우수하면 다른 대학에 지원했겠지만. 철학과는 더 별로일 텐데요."

"네, 제가 통계학과도 맡았는데 수준 차이가 꽤 나는 것 같아요."

"당연히 그렇겠죠. 혹시 스티브 잡스나 일론 머스크가 될 학생을 찾고 있는 건 아니죠?"

조규학은 싱긋 웃었다.

"그런 학생들이 여길 지원할 리도 없고 지원한다고 해서 우리가 알아볼 리도 없지만, 와도 문제예요. 이 대학은 천재적인 학생을 받아줄 그릇이 전혀 안 되거든요. 사실 우리나라에 그런 대학이 있기나 할까요? 천재들은 우리가 붙잡을 게 아니라 더 넓은 세상에서 자유롭게 헤엄칠 수 있도록 방생해줘야죠."

"잡스나 머스크 정도는 아니지만 잠재력이 높은 학생들을 찾고 싶은데……."

"저는 잠재력은 안 믿어요."

"네?"

조규학이 단호하게 얘기하는 바람에 정예림은 조금 당황했다.

"잠재력을 볼 수 있으세요?"

"네? 아, 아뇨……."

"우리에겐 그런 능력이 없어요. 신도 아니고 학생부랑 자기소개서만 보고 어떻게 알겠어요. 우린 주어진 학생부와 자기소개서를 기반으로 평가하는 사람이지, 그 학생의 미래를 내다보며 점을 치는 사람은 아니잖아요."

"그렇지만."

"쌤, 공부를 잘하는 학생이 잠재력이 높다고 생각하세요, 공부를 못하는 학생이 더 높다고 생각하세요?"

"그건…… 알 수 없는 게 아닐까요?"

"전 개인적으로 공부를 잘하는 학생이 잠재력도 높다고 생각해요. 그런데 사람들은 자녀나 제자의 성적이 낮을 때 꼭 잠재력이 높다고 표현해요. '우리 딸이 성적은 별로지만 잠재력이 아주 높아요'라고 얘기하는 사람은 있어도 '우리 반 학생이 성적이 아주 우수해서 잠재력도 높아요'라고 말하는 사람은 드물죠. 안타깝게도 딱히 보여줄 게 없는 사람들이 잠재력을 특히 강조하더라고요."

정예림은 뭐라고 반박하고 싶었지만 할 말을 찾지 못했다.

"그러니까 눈에 보이지도 않는 잠재력을 찾는다고 고생하지 마시고, 눈에 보이는 데이터에 집중해서 평가하세요. 혹 뭔가 특별한 게 보이더라도 신중하게 살펴보시고요. 부모의 도움으로 이뤄낸 성과일 수도 있잖아요. 그래서 저는 그냥 공부 잘하는 학생을 찾아요. 그것만큼 학생의 잠재력을 잘 보여주는 것도 없지 않을까요?"

조규학은 버스 정류장으로 걸어가며 말을 이었다.

"그리고 이사장님이 하시는 말씀 있잖아요. 요즘엔 개천에서 용이 안 난다고. 그게 왜 그렇다고 생각하세요?"

"잘 모르겠어요."

"뭐, 특별한 이유가 있겠어요? 예전에는 사람들이 개천에 엄청 살았는데, 요즘엔 개천에 사람은커녕 개구리도 드물기 때문이겠죠. 설령 있다고 해도 그냥 개천에 살게 내버려둡시다. 괜히 서울에 끌고 와서 고생시키지 말고. 집값도 비싼데."

정예림은 집에 돌아온 뒤에도 쉽게 잠들지 못했다. 침대에 누워 조규학이 한 얘기를 곱씹었다. 몇몇 특이한 활동에 혹해서 평가를 잘못한 건 아닌지 신경이 쓰였다.

"쌤, 어차피 철학과는 수능 최저학력기준을 통과하는 학생 자체가 별로 없어요."

경지혜 책임이 툭 던진 얘기도 생각났다. 고르고 골라봐야 수능 최저학력기준을 충족시키지 못해 떨어진다고 생각하니 의지가 확 꺾였다. 토요일에도 출근하려던 생각이 싹 바뀌었다. 어쩐지 휴대폰을 끄고 주말 내내 잠을 자야 할 것만 같았다.

양주희 선임은 서류 평가 마감 기간을 한참 남기고 1차 평가를 마무리했다. 그야말로 평가 머신다운 속력이었다. 한번 흐름을 타면 무서운 기세로 학생들을 제압해나갔다. 그 와중에 휴식 시간은 꼬박꼬박 챙겼다. 50분간 평가하고 10분간 쉬고, 점심 식사 후엔 20분간 잠을 청하는 루틴을 꼭 지켰다. 그런 양주희에게 경지혜는 '평가계의 칸트'라는 별명을 붙여주었다.

"오, 예쁘다."

양주희는 자신이 평가한 결과물을 보며 감탄했다. 1배수, 2배수, 3배수 라인이 예쁘게 자리 잡고 있었다. 3배수 내외까지만 면접 대상자로 올라가기에 그 아래는 한 명 한 명 줄 세우는 데 심혈을 기울이지 않았다. 하지만 다른 사람이 어떻게 평가하느냐에 따라 양주희가 외면한 학생들이 면접 대상자로 올라갈 수도 있기에 4, 5배수 내외까지는 문제가 없는지 요리조리 살폈다.

사실 면접 대상자에 오르기만 하면 합격 가능성은 매우 높아진다. 면접을 봐도 수능 최저학력기준을 충족하지 못한 학생과 합격하고 다른 대학으로 도망가는 학생을 제외하면 몇 명 남지 않기 때문이다. 그래서 양주희는 더 신경을 썼다. 적어도 자신이 올린 학생 중에서 문제가 있으면 안 될 터였다.

양주희는 평가를 하면서도 앞서 기록해둔 내용을 꼼꼼히 살피며 한 명씩 체크했다. 학생의 능력에 비해 지나치게 좋은 점수를 준 건 아닌지, 과소평가한 건 아닌지 확인했다. 인성에 문제가 있어 보이는 학생도 다시 살폈다. 어지간하면 긍정적으로 작성된 학생부와 자기소개서를 보고 인성을 파악하는 데는 한계가 뚜렷했다.

김지민 과장은 같이 지내봐도 사람 속을 알기 어려운데 어떻게 서류만으로 됨됨이를 파악할 수 있겠느냐면서 고개를 절레절레 저었다. 양주희는 그래서 면접이 필요한 거라고 말했지만, 5분 정도 질의응답을 하는 것으로 인성을 파악할 수 있을 리 만무하다는 말에 동의를 표할 수밖에 없었다.

"그런데 양 선임님, 교수 중에서도 인성이 개차반인 사람이 있잖아요. 그런 교수가 면접에서 별로라고 하는 학생들은 어떻게 봐야 할까요?"

"뭘 어떻게 봐요. 별로라고 봐야죠."

"아니, 그게 아니라 적의 적은 아군인 것처럼 인성이 별로인 사람이 이상하다고 평가하는 학생은 오히려 인성이 좋은 학생 아니냐고요."

"일리 있는 얘기네요. 그런데, 한편으로는 나쁜 놈조차 나쁘다고 보는 사람은 진짜 못된 놈 아니에요?"

"아, 그것도 맞는 말씀이네요. 어렵네요, 어려워."

"맞아요. 너무 어려워요."

"근데 솔직히 우리 대학은 면접을 볼 필요도 없는 거 같아요."

"왜요?"

"사람 보는 눈이 비슷해서 우리가 좋은 점수를 주는 학생은 다른 대학도 좋게 평가하잖아요. 좀 이상해 보이는 친구도 마찬가지고요. 예전에 어떤 교수님이 분명히 최하점을 준 것 같은데 어느 날 보니까 그 학생이 수업에 떡하니 앉아 있어서 이상하다며 연락을 주신 적이 있거든요. 우수한 평가를 받은 학생은 다 도망가고 별로인 친구만 남은 거죠. 이렇게 될 거면 뭐 하러 힘들게 면접을 보냐고 항의하셨는데, 틀린 얘기도 아니잖아요."

"그렇긴 하네요. 그러고 보면 우리가 학생을 선발하는 것 같지만, 결국은 학생이 우릴 선택하는 거예요. 그렇다고 대충 할 수도 없는 노릇이고. 최소한 정말 이상한 학생만이라도 걸러낼 수 있게 잘 살펴봐야죠."

양주희는 지치지 않고 학생의 인성을 파악할 수 있는 단초가 될 만한 것들을 찾았다. 학교폭력 이력이 있거나 학생에 대한 부정적인 내용이 학생부에 적나라하게 기재되어 있으면 점수를 낮게 줬다. 하지만 그런 학생은 극히 드물었다. 대신 무단결석과 지각이 잦은 학생, 봉사활동 시간이 매우 부족한 학생, 비교과 활동이 대단히 불성실한 학생을 찾았다. 주요 교과는 열심히 한데 비해 비주요 교과를 완전히 버린 학생도 물색했다. 한두 과목 정도는 그럴 수 있겠지만 5학기 내내 비주요 교과 성적이 평균에도 미치지 않는 학생은 분명히 문제가 있다고 봤다.

양주희는 시뻘게진 눈으로 모니터를 계속 쳐다봤다. 면접 대상자에 올라간 학생을 핀셋으로 찍어 내리고, 면접 기회조차 주어지지 않을 뻔했던 학생을 다시 위로 올리는 작업을 반복했다. 상반기엔 설명회와 상담을 하느라 말을 많이 듣고 말을 많이 하기도 해서 귀와 입이 아프더니, 하반기엔 주야장천 평가만 하느라 눈이 아팠다. 눈 건강에 좋다는 약을 매일 먹어도 소용없었다.

눈앞이 희뿌예져 더는 학생부를 읽기 힘들었다. 그제야 양주희는 마우스에서 손을 뗐다.

학교를 위하는 마음

"수능시험 날이 산 정상에 오른 날이라고 생각하시면 돼요."

유장휘 과장은 신준영 과장이 인수인계할 때 해준 얘기를 떠올리며 뉴스를 살펴보았다. '작년보다 국어는 쉽고 수학은 어렵다', '전반적으로 문제가 까다로워 불수능이다', '탐구영역 선택과목에 따른 유불리가 클 것으로 보인다', 'EBS 연계 비율이 다소 낮아졌다', '정시모집에서 대혼돈이 예상된다' 등의 기사가 쏟아져 나오고 있었다.

7월 인사 발령에서 신준영이 산학협력단으로 떠나고, 유장휘는 국제팀에서 입학팀으로 옮겼다. 유장휘는 먼발치에서 입학팀을 보면서 고생이 많겠다고만 생각했지 자신이 오게 될 줄은 몰랐다. 자녀가 없는 그는 입시에 아무런 관심이 없었고 희망 부서에 입학팀을 쓴 적도 없었다. 오현종 팀장은 오히려 그게 입학 팀의 적합한 자격이라며 흡족해했다. 자녀가 있으면 아무래도 사적 감정이 개입된다면서, 장대현 차장이 요즘 공사 구분을 못하니 조심하라는 말도 덧붙였다. 하지만 유장휘는 다른 사람을 신경 쓸 처지가 아니었다. 4개월 만에 체력도 정신력도 바닥나고 있었다.

"신 과장님, 그럼 수능 치고 나면 좀 괜찮아지는 거죠?"

"유 과장님, 등산할 때 오르막길보다 내리막길에서 더 조심해야 하는 거 아시죠? 잘못해서 발목 삐끗하거나 무릎 돌아가면 큰일 나잖아요. 수능 치자마자 논술시험 있고, 합격자 발표, 합격자 등록, 추가 합격자 발표 그리고 정시모집까지 쭉 이어지니까 신경을 많이 쓰셔야 할 거예요. 지뢰가 어디서 터질지 모르니까요. 항상 의심의 눈초리로 꼼꼼하게 살피시는 게 좋을 겁니다. 조심해서 나쁠 건 하나도 없잖아요."

유장휘는 지뢰를 밟지 않으려고 조마조마하며 한 걸음 한 걸음 내디뎠다. 하지만 화살처럼 쏟아지는 전화만큼은 피할 수 없었다.

"우리 아들이 Q대에 논술로 지원했는데 시험은 안 볼 것 같아요. 환불 부탁드려요."

"어머님, 죄송하지만 환불은 불가능합니다."

"왜죠?"

"논술시험에 응시하지 않는다고 환불을 해드릴 순 없습니다."

"그럼 어떤 경우에 환불을 해주시는데요?"

유장휘는 모집 요강에 적혀 있는 문구를 요약해 읽었다.

"전형료 반환은 고등교육법 시행령 제42조의 3을 따릅니다. 응시자가 과납한 경우, 대학에 귀책사유가 있는 경우, 천재지변으로 입학전형에 응시하지 못한 경우, 질병 또는 사고로 입원하거나 사망한 경우입니다. 죄송하지만 단순 변심은 해당 사항이 아닙니다."

여기서 전화를 끊는 사람은 양반이다. 대학이 돈에 눈이 멀어 원서로 장사한다면서 끝없이 따지고 드는 사람도 있다. 전화기 너머에서 삿대질하고 있을 학부모의 얼굴이 눈에 선하지만, 유장휘는 질타를 영혼 없이 들으며 끝까지 친절하게 설명했다. 그러다 지치면 목소리가 날카로워지기도 했다. 전화를 내려놓고 한숨 돌리기 무섭게 또 다른 전화가 걸려왔다.

"제 딸이 Q대 경영학과에 지원했는데요, 떨어뜨려 주세요."

"네?"

"떨어뜨려달라고요. 제 딸은 Q대 안 갈 거니까요."

"아버님. 죄송하지만, 저희 아직 합격자 발표도 하지 않았습니다."

"그러니까 떨어뜨려주시면 되잖아요."

딸이 합격인지 불합격인지도 모르면서 떨어뜨려달라고? 유장휘는 무슨 영문인지 몰라 어리둥절했으나 이내 알게 되었다. 화장실 들어갈 때와 나올 때 마음이 다른 것과 같은 이치였다.

"따님이 무슨 전형으로 지원하셨나요?"

"학생부종합전형이요."

Q대 학생부종합전형은 수능시험을 치기 전에 면접을 본다. 그러니까 전화한 학부모의 딸은 서류 합격 후 면접까지 본 상태다. 그런데 이제 와서 떨어뜨려달라고 생떼를 부리고 있었다. 이유는 분명했다. 수능을 예상보다 잘 봐서, 정시로 Q대보다 더 좋은 대학에 갈 수 있을 거라는 확신이 들었던 것이다. 수시에 합격하면 등록 여부를 떠나 정시에 지원할 수 없었다. 학부모의 심정이 이해되긴 했으나 규칙은 규칙이었다.

"죄송하지만, 따님의 합격 가능성을 먼저 알려드릴 순 없습니다. 원하신다고 해서 떨어뜨릴 수도 없고요."

"합격을 시켜달라는 것도 아니고 떨어뜨려달라는 건데, 그것도 마음대로 안 됩니까? 이런 게 다 수시 납치 아닙니까?"

학부모의 언성이 높아졌다.

"아니, 이게 어떻게 납치……."

본인이 직접 지원하고 면접까지 봐놓고 대학에서 납치를 한다고? 이런 유장휘의 생각을 읽기라도 한 듯 학부모는 당당하게 말했다.

"지원도 우리가 했고 면접도 우리가 봤죠. 그래서 불합격 처리도 우리가 직접 요구하는 거 아닙니까. Q대에 보낼 생각 없으니까 불합격 처리해주세요. 저희가 어떻게 하면 됩니까? 찾아가서 각서라도 쓰면 됩니까?"

"거듭 말씀드리지만, 임의로 불합격 처리를 해드릴 순 없습니다. Q대가 그렇게 못마땅하시면 합격하더라도 등록하지 않으시면 됩니다."

"아니, 이 사람 말이 안 통하네. 수시에 합격하면 정시에 지원을 못 하잖아요. 내 딸은 정시로 대학을 보낼 거라고 몇 번을 말합니까. 애 인생이 걸린 문젠데, 당장 불합격 처리해주세요!"

학부모가 폭발하자 유장휘의 머리털이 곤두섰다. 마침내 학부모가 팀장을 바꿔달라고 요구했다. 유장휘가 힐끗 보자 오현종 팀장이 팔로 X 자를 크게 그렸다. 유장휘는 학부모가 지쳐서 물러날 때까지 욕받이가 되어야만 했다. 전화를 끊고 전임자인 신준영에게 고충을 털어놓았다. 신준영은 별일 아니라는 듯 대수롭지 않게 말했다.

"그런 사람들 은근히 많아요. 절대 흔들리지 말고 버티세요. 오히려 임의로 학부모가 원하는 대로 떨어뜨리는 게 부정한 행동이죠. 공정하다고 할 수도 없고요. 그리고 사람 일 모르는 거더라고요. 저래놓고 정시로도 우리 대학에 지원해서 떨어지는 사람 봤어요. 예측을 완전히 잘못한 거죠. 성적표 받기 전까진 어떻게 될지 아무도 모르는 거예요. 성적표를 받아도 누가 어디에 붙고 떨어질지 알 수 없는 게 입시잖아요. 나중에 말 싹 바꾸고 왜 떨어뜨렸냐고 따질 수도 있으니까 절대 들어주지 마세요."

"그럴 수도 있겠네요."

"다른 문제는 없었어요? 예체능계도 조용하고요?"

"네, 아직까진."

"아, 맞다. 작년 체육학과 지원자 중에 연락 온 사람 없었어요?"

"네, 딱히……."

"다행이네요. 소송할 거라고 그랬었는데."

"소송이요?"

신준영은 작년 체육학과 면접에 대해 항의한 학부모 이야기를 해줬다. 그 얘기를 듣는 것만으로 유장휘는 가슴이 답답했다.

"아직 조용한 걸 보면 그냥 넘어가나 봐요. 하긴 그런 사람이 한둘이 아니죠. 뭐, 조금 마음에 안 들면 소송한다고 협박이나 하고. 그래도 방심하지 마세요. 세상일 모르잖아요. 어느 날 갑자기 또 연락이 올지."

다행히 체육학과 학부모는 연락이 없었지만, 불합격시켜 달라고 요구한 학부모는 정말로 학교를 찾아왔다. 점심을 먹고 사무실로 돌아오는데 학부모가 사무실 앞에 버티고 서 있었다. 유장휘는 다부진 몸매에 험상궂게 생긴 학부모를 보며 장판교의 장비를 떠올렸다. 당장에라도 자녀를 불합격시켜 주고 싶었다.

돌아보니 오현종 팀장은 모르는 척 내빼고 있었고 유장휘가 혼자서 학부모를 상대해야 했다.

밖에서 큰소리가 오가자 호기심이 발동한 한덕수 처장이 발 벗고 나섰다. 자신이 직접 설득하겠다며 학부모를 처장실로 모시고 들어갔다. 그때가 1시 30분경이었다. 학부모와 입학처장은 퇴근 시간 즈음 처장실을 나왔다. 한덕수는 쌩쌩한 데 반해 학부모는 매우 지친 기색이 역력했다. 직원들을 차례대로 엎어치기라도 할 것 같던 학부모는 축 처진 어깨로 돌아갔다. 유장휘는 진심으로 한덕수가 멋지고 대단해 보였다.

"처장님, 도대체 뭐라고 말씀하셨길래 학부모님이 수긍하시던가요?"

"제가 뭐라고 했는지 궁금하죠?"

그 길로 유장휘는 처장실에 끌려가 자정이 되어 나왔다. 한덕수와 저녁으로 치즈크리스피 핫도그에 사이다로 끼니를 때우기까지 했다. 힘이 쭉 빠진 유장휘는 택시를 타고 집으로 향했다. 사람들이 왜 한덕수와 얘기하면 정신이 혼미해진다고 하는지 알 것 같았다. 한덕수는 똑같은 얘기를 다양하게 반복하는 재주가 있었다. 한마디로 Q대가 아주 좋다는 얘기였다. 들을수록 기가 빨리고 질려버린다. 아마 그 학부모도 그러지 않았을까.

지뢰는 예기치 않게 계속 터졌다.

논술시험 문제가 이상했다, 시험장 감독이 시험을 방해했다, 시험 문제가 고등학교 수준을 벗어났다, 창가 자리였는데 추워서 시험을 잘 못 봤다, 다른 학생의 부정행위를 목격했다, 다른 대학이랑 착각해서 놓쳤는데 시험이라도 보게 해달라…….

민원이 제기되면 유장휘는 오현종에게 쪼르르 달려가 보고했다. 그럴 때마다 소스라치게 놀라던 오현종도 최근엔 모든 일에 심드렁했다. "아, 그래? 알아서 잘해봐" 하는 식이었다. 말년에는 떨어지는 낙엽도 조심해야 한다던 그가 갑자기 변하자, 사람들은 당황하면서도 한편으론 그 이유를 잘 알고 있기에 그러려니 했다.

일명 식충이 카톡 사건이었다.

입학팀은 카톡 단톡방이 열 개 이상 있었다. 모든 구성원이 있는 방, 정규직 방, 무기계약직 방, 계약직 방, 정규직과 무기계약직 방, 무기계약직과 계약직 방, 처장만 없는 방, 처장과 팀장이 없는 방, 처장과 팀장이 없는 정규직 방, 과장 이상만 있는 방, 차장 이상은 없는 방, 30대 이하만 있는 방, 어중간한 연령대 방, 마음 맞는 사람끼리 만든 방, 정체를 알 수 없는 방 등.

하지만 오현종은 여태껏 단톡방이 두 개만 있는 줄 알았다. 모든 구성원이 있는 방과 처장만 없는 방. 오현종은 주로 처장만 없는 방에서 기세등등하게 활발히 활동했다. 그러던 어느 날 점심 즈음, 그 방에 최성관 선생이 '식충이 놈이 또 알탕 먹으러

가자고 하네. 저놈 저러다가 알 낳겠다 알 낳겠어'라는 글을 올렸다. 불과 10초 만에 삭제되었지만 오현종은 모니터 화면에 뜬 그 문구를 똑똑히 보았다.

처음엔 무슨 상황인지도 잘 몰랐고, 식충이가 누구인지 궁금했으며, '어떤 놈이 나처럼 알탕을 즐겨 먹는가 보다' 생각했다. 그런데 곱씹어 보니 좀 전에 알탕을 먹자고 했던 사람도, 최성관이 오늘 점심을 함께 먹을 사람도 분명 그였다. 최성관이 말하는 '식충이'가 바로 자신인 것을 알게 되자 오현종의 얼굴은 낮술을 마신 것처럼 불쾌해졌다. 오현종은 얼굴이 식을 때까지 모니터 뒤에 숨어 있었다. 평소와 달리 사무실은 고요했고 키보드를 빠르게 두들기는 소리만이 울렸다.

아…… 내가 식충이라니……. 알게 모르게 내 뒷담화를 까고 있을 거라곤 짐작했지만…… 알을 낳을 거라니…….

오현종은 최성관의 메시지를 못 본 척하려고 애썼으나, 그러면 그럴수록 비참해졌고 표정은 점점 더 일그러졌다. 특히 최성관이 눈앞에 지나가면 사레라도 걸린 것처럼 기침이 튀어나왔다. 오현종이 메시지를 봤다는 사실을 눈치챈 최성관은 그를 찾아가 정식으로 사과했다.

"왜? 뭐가 죄송하단 말이야? 도통 무슨 말인지 모르겠네?"

오현종은 모르는 척하면서 이죽거렸다.

"최성관 선생님, 오늘 점심은 알탕이 어떠신지요?"

30년 넘게 학교를 위해 희생하며 살아온 대가가 고작 핏덩이 같은 직원에게 놀림이나 당하는 거라니. 말 그대로 평생직장에 일생을 다 바쳤는데. 시간이 언제 이렇게 흘렀을까.

일찌감치 명예퇴직하고 학교를 떠나지 않은 걸 처음으로 후회했다. 함께 직장 생활을 시작했던 동기들은 이미 다 떠나고 없었다. 무슨 부귀영화를 누리려고 여태껏 버텼나 생각하니 순간 울컥했다.

학교는 유달리 시간이 빨리 흐르는 곳이다. 1학기가 끝나면 방학이 오고, 방학이 지나가면 2학기가 시작되고, 2학기가 흘러가면 또 방학이었다. 게다가 입학팀은 다음 해에 신입생으로 들어올 학생을 선발하다 보니 새해를 보다 빨리 맞이하는 기분이었다. 입시 스케줄에 맞춰 매일매일을 살았다. 그리고 이젠 떠나야 할 때였다. 과연 그런 날이 올까 싶었는데 어느새 돌아보니 코앞에 다가와 있었다.

괴롭고 힘들었던 일도 지나고 보니 아무것도 아니었다. 다만 아쉬운 게 있다면 후배들과 더 두터운 정을 나누지 못한 거였다. 억울한 점도 있었다. 마음을 열고 다가가려고 하면 후배들은 더욱 마음을 닫았다. 야근하고 소고기를 사준다고 해도 뒷걸음질을 쳤다. 과장이나 차장급은 그나마 나았다. 대리 이하는 도통 소통하기 어려웠다.

그건 장대현 차장과 유장휘 과장도 마찬가지인 것 같았다. 요즘엔 후배 대하기보다 선배를 상대하는 게 편하다면서 조금만 잔소리를 해도 꼰대 소리를 듣는다고 하소연했다. 유장휘는 MZ 세대와의 전쟁을 선포해야 한다며 말도 안 되는 소리를 줄곧 했고, 장대현은 이기지도 못할 싸움은 하지도 말라고 했다. 어차피 시간은 흐르게 마련이고, 저것들도 늙어서 똑같이 후배들에게 무시당할 거라며 비릿한 웃음을 지었다.

오현종은 젊은 직원들을 도통 이해하기 어려웠다. 열정도 없고 패기도 없고 학교를 위하는 마음도 없었다. 이제 막 사회생활을 시작하는 아들을 붙잡고 토로해봤지만 마찬가지였다. 직장은 돈을 버는 곳 그 이상 그 이하도 아니라는 거였다. 아들이 직장에서 빈둥거리는 모습을 상상하는 것만으로 화가 나서 나무라기도 했다.

"나는 너를 그렇게 키우지 않았다. 회사가 있어야 너도 존재하는 거다."

"아빠, 저는 그렇게 생각 안 해요. 회사 따로 저 따로예요."

"너는 평생직장에 다니는 것도 아니잖아. 그럼 더 열심히 해야지. 아니다. 차라리 지금이라도 빨리 공무원 준비를 해보는 건 어때? 아니면 아빠처럼 교직원을 해보든가."

"싫어요. 노잼이에요."

아들도 저 지경인데 젊은 직원들은 오죽할까. 그럼 도대체 이 학교는 누가 지킨단 말인가. 오현종은 진심으로 학교를 걱정했다. 학생 수는 급격히 줄어들고 있는데 과연 Q대가 얼마나 버틸 수 있을까. 이런 얘기는 부하 직원들이 싫어한다는 걸 알지만, 오현종은 틈만 나면 꺼냈다.

"다들 이렇게 일하면 소는 누가 키우란 말이냐."

철 지난 유행어를 남발해도 아무도 귀 기울여 듣지 않았다. 몇몇은 저녁은커녕 점심도 같이 먹지 않고 대놓고 무시하기도 했다. 속에서 용암이 들끓는 기분이었으나 애써 아무렇지 않은 척했다. 레임덕이라는 게 이렇게 무서운 것인지 몰랐다. 그런데 식충이라는 말까지 듣게 되자 오현종은 마지막까지 움켜쥐고 있던 어떤 줄을 놓아버린 느낌이었다.

내가 알탕만 먹는 벌레라잖아. 그래, 너네끼리 잘해봐라. 내가 멀리서 지켜본다, 얼마나 잘하는지.

아닌 밤중에 홍두깨도 아니고, 느닷없이 감사가 나온다고 했을 때 오현종의 심정이 딱 이러했다. 대학마다 돌아가면서 주기적으로 감사를 받긴 했지만 이렇게 바쁜 시기에 나올 줄은 몰랐다. 수시 합격자 발표 기간에, 더군다나 퇴직을 코앞에 둔 시점에 감사를 받게 될 거라곤 상상조차 해보지 못했다.

그 누구보다 먼저 출근하고 늦게 퇴근하던 오현종은 감사가 나오자마자 돌연 출근을 멈췄다. 어차피 직장 생활 막바지였다. 금지옥엽 아끼던 휴가도 휘리릭 써버렸다. 월화수목금, 5일을 통째로 휴가를 낸 건 30년 직장 생활 동안 손에 꼽을 정도였다.

이 사람 눈치 보고 저 사람 눈치 보느라고 주어진 휴가를 모두 소진한 해가 없었다. 오현종은 속이 뻥 뚫리는 기분이었다. 보다 휴가를 자주 가지 못했던 게, 자신과 가족을 위해 좀 더 시간을 쓰지 못했던 게 그제야 후회됐다.

오현종은 아내와 제주도에 갔다. 팀장이 나서서 대응을 해줘야 한다고, 적극적인 대응은 아니더라도 사무실은 지켜야 하는 게 아니냐고 장대현과 유장휘가 사정했지만, 오현종은 짧은 메시지만 남긴 채 숨어버렸다.

— 이게 다 학교를 위한 결정입니다. 이 위기 또한 여러분들이 잘 헤쳐나가리라는 사실을 믿어 의심치 않습니다. 어차피 곧 떠나는 저는 없다고 생각하고 부디 슬기롭게 감사에 임하시기 바랍니다.

오현종의 메시지를 읽고 또 읽으며 장대현은 괴로워했다. 말은 학교를 위한 결정이라고 했지만 사실상 도망친 거였다. 솔직히 말년 병장이 있어 봐야 큰 도움이 될 것도 없었다. 이번 감사는 Q대 입학팀의 역사를 세세히 알고 있는 장대현이 진두지휘해 대응해야만 했다. 그도 그 사실을 잘 알고 있었고 다른 사람에게 떠넘길 생각도 없었다. 다만 앞에서 거세게 불어오는 바람을 막고 버텨줄 바람막이가 필요했을 뿐이다. 그러나 한덕수 입학처장과 오현종 입학팀장은 감사가 시작됨과 동시에 사무실에서 사라졌다.

감사를 나온 사람들이 입학처장을 애타게 찾았으나 한덕수는 코빼기도 보이지 않았다. 평소엔 사무실에 꿀단지라도 숨겨둔 사람처럼 붙어 있더니 전화조차 받지 않았다. 누가 보면 입시 비리를 저지른 게 아닐까 의심스러울 만큼 수상했다.

— 처장님, 감사팀에서 처장님을 계속 찾고 있습니다. 직접 오셔서 해명해야 할 것들이 제법 있습니다. 문자 확인하시면 전화 꼭 부탁드립니다.

장대현은 한덕수가 전화를 받지 않자 감사에서 지적한 사항들을 일목요연하게 정리해 하루에도 몇 번씩 문자로 보냈다. 한덕수는 장대현이 보낸 메시지를 꼼꼼히 읽어 내려갔다.

이건 내 잘못이 아니야. 작년에도 그랬고, 재작년에도 그랬고, 옛날부터 그랬던 거야.

한덕수는 억울해서 손이 부들부들 떨렸다. 처음엔 왜 이런 식으로 운영해왔냐며 나무랐던 한덕수도 결국 문제가 있는 부분 하나하나까지는 손대지 못했다. 눈앞에 닥친 일들을 처리하기 바쁘다 보니 답습하기 급급했다.

배인학 총장으로부터 전화가 왔지만 받지 않았다. 능구렁이 같은 인간이 자신이 입학처장일 때는 아무런 문제가 없었다며 현 사태의 모든 책임을 한덕수에게 전가하고 쏙 빠져나가려는 게 분명했다. 한덕수는 사이다 캔을 TV를 향해 집어 던졌다. 꺼져 있는 TV 스크린에 심각한 표정의 한덕수 얼굴이 비쳤다.

어떻게 입학처장까지 왔는데, 별일 없으면 연임도 충분히 가능한데. 아니지, 이제 기획처장이나 교무처장만 하면 부총장도, 그렇다면 총장도 못할 게 없는데, 여기서 징계를 받으면 말짱 도루묵인데. 겨울잠 자듯 웅크리고 버텨야 해, 이겨내야 한다고.

한덕수는 조용히 물러날 생각이 전혀 없었다. 그는 오래전 할아버지가 물려준 일본도 앞에 가부좌를 틀고 앉아 명상을 했다. 학교라는 전쟁터에서 여태껏 죽지 않고 살아온 나날들이 주마등처럼 스쳐 지나갔다. 한 계단 더 높은 곳으로 올라가기 위해 수많은 정적을 제거해왔다. 남을 죽이지 않으면 내가 죽는다는 심정으로 웃음 뒤에 비수를 숨기고 다가가 상대의 갈비뼈 사이에 단검을 밀어 넣었다. 때로는 보란 듯이 장검을 휘둘러 적의 머리통을 날렸다. 이젠 천하를 평정하고 보란 듯이 총장의 자리에 오를 일만 남아 있었다.

한덕수는 총장실에 당당히 입성하는 자신의 모습을 상상하며 큰 웃음을 터뜨렸다. 혼자뿐인 넓은 집에 한덕수의 웃음소리가 울려 퍼졌다. 광기에 빠진 자신의 모습이 TV에 비치자 전의가 불타올랐다. 지금 당장에라도 학교로 달려가 자신의 앞길을 막는 자들을 다 쓸어버리고 싶었다.

그때 전화벨이 울렸다. 문경자 이사장이었다.

평소 같으면 오매불망 기다리던 전화라 벨이 두 번 울리기도 전에 받았을 것이다. 하지만 한덕수는 휴대폰을 손에 꼭 쥔 채 망설였다. 벨소리가 점점 더 커지는 것만 같았다. 받아야 할지 말아야 할지 안절부절못하는 사이에 소리가 뚝 끊겼다. 그 순간 심장이 멎는 줄 알았다. 허겁지겁 이사장에게 전화를 걸었다. 이내 문경자의 온화한 목소리가 들려왔다.

"한 처장님, 감사받느라 고생이 이만저만이 아니라고 들었습니다. 몸이 안 좋아지셔서 출근도 못 하신다고 하던데."

"아, 아닙니다."

"괜찮으신 거죠?"

"네, 문제없습니다."

"다행입니다. 한 처장님 같은 분이 여기서 흔들리면 안 될 일이죠."

한덕수는 감격해 감정이 복받쳐 올랐다.

"감사합니다, 이사장님. 제 몸이 으스러질 때까지 학교를 위해서 충성을 다하겠습니다."

"그래서 말인데, 한 처장님."

"네, 이사장님. 말씀만 하십쇼."

"이번 감사에서 짚고 넘어갈 부분들이 좀 있다고 하더라고요. 수고로우시겠지만 한 처장님 선에서 깔끔하게 정리를 해주셨으면 합니다."

한덕수는 그 말이 자신을 정리하겠다는 뜻이라는 걸 바로 깨달았다.

"이사장님, 저에게는 학교를 위한 죄밖에 없습니다. 한 번만 기회를 주시면 이번 감사는 물론이고 앞으로도 문제가 없도록 진행하겠습니다. 그러니 제발……."

한덕수는 제발 보직 해임만큼은 막아달라고, 기획처장과 부총장을 거쳐 총장까지 올라가는 길을 막지 말아달라고 간절히 애원하고 싶었으나 차마 입이 떨어지지 않았다.

"저도 마음이 아픕니다. 한 처장님만큼 학교를 위하는 사람이 없다는 사실 또한 잘 알고 있습니다. 그래서 저도 이렇게 간곡히 부탁드리는 겁니다."

"이사장님, 제가 누구보다 열심히 했다는 건 잘 아시지 않습니까?"

한덕수는 울분을 토해냈다.

"가족도 연구도 학과도 모두 내팽개치고 오직 입학처를 위해서 최선을 다했습니다. 우리 대학이 W대를 넘어 O대와 F대를 따라잡는 그날이 하루라도 빨리 오게 하려고 잠도 반납했습니다. 다른 처장들이 자기 잇속을 채우려고 발악할 때 저는 제 자신을 위해서 10원 한 푼도 챙기지 않았단 말입니다."

"잘 압니다. 학교를 위한 그 마음 제가 잊지 않겠습니다."

문경자는 진지한 어투로 말을 이었다.

"한 처장님, 다른 건 다 차치하고 오직 학교를 위해서 용단을 내려주시길 부탁드립니다. 불길이 다른 곳으로 더 번지지 않게 말입니다."

전화를 끊고 한덕수는 기어코 눈물을 쏟아냈다.

나더러 불구덩이로 뛰어들라고 하다니. 어떻게 여기까지 왔는데. 조금만 더 올라가면 되는데. 그러면 가족도 되찾을 수 있을 텐데.

이혼 도장을 찍진 않았지만 한덕수는 거의 이혼당한 것과 마찬가지였다. 아내는 작년에 딸이 있는 미국으로 간 이후 돌아오지 않았고, 믿었던 아들마저 졸업과 동시에 미국으로 떠났다. 연락도 거의 없었다. 집 거실에는 아주 오래전에 찍은 가족사진만 쓸쓸히 걸려 있었다. 한때는 하루하루가 전쟁이었는데, 어느 순간부터 아내는 한덕수를 투명 인간 취급했다. 말을 쏟아냄으로써 기운을 얻는 한덕수는 절간 같은 집이 답답해서 미칠 것 같았다. 차라리 사무실이 편했다. 야근하는 누군가를 붙잡고 얘기하다 보면 시간이 금방 흘러갔다. 자연스럽게 사무실에서 잠을 청하는 날이 늘어났다. 그러거나 말거나 아내는 신경도 쓰지 않았다.

소파 침대까지 가져다 놓으니 사무실 분위기가 꽤 근사했다. 집에선 먹지 못하는 핫도그와 사이다도 눈치 보지 않고 마음껏 먹을 수 있었다. 노래를 들으며 맥주까지 한잔할 때는 캠핑이라도 하는 기분이었다. 직원들이 돌아간 후 아무도 없는 사무실을 멍하니 바라보고 있으면 은근히 힐링이 됐다. '불멍'이라고 했던가. 불을 보면서 멍때리는 게 유행이라더니, '사멍'도 만만찮았다. 심심할 땐 사무실을 어슬렁거리며 직원들 책상을 훔쳐보는 것도 나름 재밌었다. 다음 면담 시간에 얘기할 소재를 얻기도 했고 의도치 않게 직원들의 비밀까지 알게 되기도 했다. 다음 날 사무실이 사람들로 다시 북적거릴 걸 생각하면 설레기까지 했다.

총장이 된다고 해서 아내가 다시 마음을 연다는 보장은 전혀 없었지만 한덕수는 조금이라도 더 멋진 모습으로 당당히 나타나고 싶었다. 자식들에게 인정받고 싶은 마음도 대단히 컸다. 하지만 그 희망은 보기 좋게 수포로 돌아가고 말았다.

여태껏 한 번 아웃된 사람이 다시 주요 보직을 꿰차는 걸 본 적이 없었다. 한덕수는 자신이 불구덩이 속으로 영원히 사라지는 모습을 흐뭇한 표정으로 지켜볼 인간들을 떠올리며 치를 떨었다. 한덕수와 앙숙 관계인 선동진 기획처장과 김장호 학생처장은 어디선가 샴페인을 터뜨리고 있을지도 몰랐다. 둘 다 말 바꾸기 선수이자 웃는 얼굴로 침 뱉기 달인이고 책임을 회피하는 데 도사였다.

감사 마지막 날 오전, 한덕수가 사무실에 모습을 드러냈다. 정말이지 머리부터 발끝까지 온통 새하얬다. 어디서 구했는지 평소엔 입지도 않던 하얀색 개량 한복을 위아래로 맞춰 입고 백구두까지 신고 등장했다. 옷과 구두에 신경을 쓰느라 정작 며칠간 깎지 않은 수염은 그대로였다.

"드디어 미쳤나 봐요."

한덕수의 몰골에 깜짝 놀란 강혜윤이 속삭였다.

"그러게요. 진짜 보통 사람은 아니에요."

정예림도 고개를 끄덕였다.

"설마 저 패션이 그걸 뜻하는 건 아니겠죠?"

윤소희가 뭔가 떠올랐다는 듯 물었다.

"뭐요 뭐?"

"백의종군이요, 이순신 장군의 백의종군."

"에이, 설마요."

"정말 그렇다면 너무 좀 심한데요."

한덕수는 모든 이들의 시선을 한 몸에 받으며 감사장으로 들어갔다. 며칠간 눈 빠지게 Q대 입학팀을 뒤지느라 지쳐 있던 감사팀은 백색 거한의 등장에 정신이 번쩍 들었다. 한덕수는 마치 전투가 끝난 전장의 피비린내를 음미하는 장군처럼 감사장을 쓱 훑어보았다. 입학처장을 불러오라고 애타게 부르짖던 감사팀 수장은 한덕수의 아우라에 압도돼 입도 벙긋하지 못했다. 한참 동안 전장을 내려다보던 한덕수가 이윽고 말문을 열었다.

"모든 건 내 탓이오. 모든 건 내 탓이오. 모든 건 내 탓이오."

이렇게 같은 문장을 세 번 천천히 반복한 한덕수는 가만히 눈을 감았다. 누군가 달려와 자신의 목을 베어주길 기다리는 것처럼. 감사팀 수장은 꼼짝달싹도 하지 못한 채 그대로 얼어버렸다.

한덕수는 이날의 퍼포먼스로 직원들 사이에서 한순간에 영웅이 되었다. 그를 아메바 장군이라고 칭송하는 무리마저 생겼다. 특히 감명받은 사람은 장대현이었다. 20년 가까이 학교에 몸담으면서 그게 뭐든 자신의 책임이라고 말하는 사람을 본 적 없었다. 아주 자그마한 문제도 어떻게든 남에게 떠미는 인간들이 대부분이었다. 학교를 위한다면서 대의명분을 앞세우는 인간들 중에 진실한 이는 찾기 어려웠다. 하물며 한덕수에겐 일말의 기대도 없었다. 어떻게든 미꾸라지처럼 빠져나갈 궁리만 하고 있을 거라고 짐작했고 그래서 나타나지 않는 거라고 확신했다.

한덕수는 늘 입버릇처럼 말했다. 입시는 전쟁이라고. 그렇다. 다른 대학과의 전쟁이자 학생, 학부모, 교사와의 전쟁이다. 보다 우수한 학생을 선발하고 공정성을 확보하기 위한 처절한 몸부림이다. 입학처에서 오랜 시간 함께 근무하며 크고 작은 산을 넘다 보면 없던 전우애도 생긴다. 하지만 가장 무서운 건 역시 외부의 적이 아니라 내부의 적이다. 장대현은 만약 진짜 총을 들고 싸우게 된다면 누굴 먼저 쏘게 될지 상상하며 쓸쓸한 미소를 지었다. 물론 장대현 역시 누군가의 표적이 될지도 모를 일이었다. 감사에서 지적받은 것들에 대한 책임은 누군가에게 돌아가기 마련이고 서로 그 책임을 피하기 위해선 다른 사람을 저격할 수밖에 없다. 안타깝게도 장대현은 가장 맞히기 쉬운 너무나도 큰 표적이었다.

입학팀 경력만 12년. 대리일 때 입학팀에 온 이후 문제가 있는 부분들은 숱하게 지적해왔다. 선배들이 똑바로 일하지 않은 거라고 용기를 내 손가락질하기도 했다. 그중엔 개선된 것도 있고 12년째 그대로인 것도 있다. 그러나 어느 순간 장대현도 더는 문제시하지 않고 지나간 게 태반이었다. 포기했고 망각했고 무시했다. 그리고 새로운 문제들이 우후죽순 생겨났다. 그렇게 시간이 무심히 흘렀다. 장대현이 손가락질하던 선배들은 모두 떠나고 없었다. 이젠 그가 손가락질을 받아야 할 차례였다. 그런데 '이렇게 혼자 다 뒤집어쓰나 보다' 생각하며 포기하고 있을 때 한덕수가 구세주처럼 나타난 것이다.

그날 한덕수는 점심도 거르고 감사장에서 혼자 용맹하게 싸웠다. 덕분에 감사팀도 꼼짝없이 한덕수에게 붙잡혔다. 감사팀이 하나를 질문하면 그는 열 가지를 얘기했고, 감사팀이 무슨 말을 하려고 하면 가로막고 훨씬 더 많은 말을 쏟아냈으며, 입시와 교육, 나아가 생명과학에 이르기까지 방대한 지식을 열정적으로 전파했다. 급기야 어떻게 하면 대학들의 잘못을 파헤칠 수 있는지 팁까지 전수해주며 감사팀을 질리게 했다. 며칠간 집에 칩거하면서 말을 별로 못해서인지 충전된 에너지가 어마어마했다. 그 누구도 쉴 새 없이 종알거리는 한덕수의 입을 막지 못했다. 가히 진정한 교수다웠다.

직원들은 냉장고에서 갓 꺼낸 차가운 사이다와 전자레인지에 데운 뜨거운 치즈크리스피 핫도그를 감사장으로 부지런히 날랐다. 감사가 종료되었을 땐 사이다 열두 캔과 핫도그 꼬치 열두 개가 나뒹굴고 있었다. 이순신 장군이 열두 척의 배로 나라를 지켰다면, 한덕수 처장은 사이다 열두 캔과 핫도그 열두 개로 학교를 지킨 셈이다.

입학처장을 애타게 찾았던 감사팀 수장뿐 아니라 감사팀 사람들 모두가 혼이 빠진 얼굴로 돌아갔다. 반면 한덕수는 오랜만에 말을 쏟아내 기운이 샘솟았다. 자신감 넘치는 발걸음으로 입학처 사무실에 들어서는 그를 향해 박수갈채가 쏟아졌다.

입학은 사랑입니다

12월 31일 점심, 입학팀은 경영관 뒤편에 있는 통닭집 '꼬꼬 댁'으로 줄줄이 향했다. 한덕수 입학처장도 오현종 입학팀장도 없지만 매년 그랬던 것처럼 조촐하게 송년회를 하기 위해서였다. 언제부터 시작되었는지는 모르지만, 꼬꼬댁 송년회는 나름 Q대 입학팀의 전통 아닌 전통이었다. 마지막 날까지 회식을 하는 법이 어디 있냐며 투덜거리는 사람도 있었지만 저녁이 아닌 점심 회식이라는 점에 대체로 만족했다. 처장과 팀장의 기분이 좋으면 점심 먹고 바로 퇴근하는 행운이 주어질 때도 있었다.

이날은 인사 발령이 있는 날이기도 했다. Q대는 새해 1월 1일 자 인사 발령을 12월 31일 점심에 발표하는 관례가 있었다. 부서 이동이 있는 사람은 새해가 밝자마자 짐을 싸서 다른 부서로 떠나야만 했다. 입학팀 직원들은 한 해의 마지막 날까지 다음 해 행선지를 궁금해하며 조마조마해야 했다.

이번엔 진짜 발령이 날까? 나는 아니겠지? 힘든 부서로 가면 안 되는데. 새해에 누가 떠나고 어떤 사람이 올까?

로또 당첨 번호를 확인하는 것처럼 쫄깃함과 짜릿함이 있었다. 물론 원치 않은 발령을 받게 되면 다가오는 새해가 전혀 기다려지지 않았다. 한마디로 새해 첫날부터 기분 잡치는 거였다.

이번 인사 발령의 가장 큰 관전 포인트는 '차기 입학처장과 입학팀장이 누가 되는가'였다. 연임에 실패한 한덕수 입학처장 후임으로 올 교수가 누구일지는 후보자가 너무 많아 그 누구도 쉽사리 예측하지 못했다. 대신 입학팀장에 대해선 말이 많았다. 모두가 인사팀장으로 빙의해 차기 입학팀장이 장대현 차장이 될지, 아니면 제3의 인물이 자리를 꿰차고 들어올지 상상의 나래를 펼쳤다. 이 시기면 모든 직원이 인사 전문가가 되곤 했다. 후보자들의 강점과 약점을 일목요연하게 정리해 공유하는 사람도 있었다.

유장휘는 내심 장대현이 입학팀장이 되길 바랐다. 반년 동안 함께 근무하면서 어떤 스타일인지 이미 적응한 상태였고 성격은 있지만 뒤끝이 없는 장대현이 싫지 않았다. 업무를 빠삭하게 알고 있는 것도 마음에 들었다. 선무당이 사람 잡는다고 아무것도 모르는 팀장이 와서 칼춤을 추는 것만큼 괴로운 일도 없고, 한 번도 경험해본 적 없는 사람이 오면 적응하는 데만 오랜 시간이 걸릴 터였다. 더군다나 이번엔 처장과 팀장이 동시에 바뀌는데 둘 다 초짜면 운전을 발바닥으로 할지 혓바닥으로 할지 알 길이 없었다. 누가 오든 한덕수나 오현종보다는 낫겠지만, 구관이 명관이라는 말이 괜히 있는 게 아니었기에 방심할 수 없었다. 유장휘는 은근슬쩍 장대현이 차기 팀장이 될 것처럼 붙어다니며 대우해줬다.

꼬꼬댁에는 입학팀이 전세 낸 듯 아무도 없었다. 입학팀은 테이블 서너 개를 이어 붙여 앉았다. 한덕수와 오현종이 있었다면 두 사람이 가운데 상석을 차지했겠지만, 둘 다 없어서 자유롭게 앉았다. 그런데 막상 앉고 보니 구석부터 나이순이었다. 사무실 자리와 유사하게 제일 안쪽은 장대현 차장이, 가장 바깥쪽은 정예림 선생이었다.

"다들 500 한 잔씩 하실 거죠?"

장대현 앞자리를 차지한 유장휘가 송년회를 주도했다.

"가급적 맥주 한 잔씩 하시고 정 힘드신 분들은 콜라나 사이다라도 시키세요."

"과장님, 우리 팀에 사이다 마시는 사람 없는 거 아직도 모르세요?"

김지민이 한덕수가 중독된 사이다 얘기는 꺼내지도 말라며 충고했다.

"그래도 처장님이 사이다 마시는 모습을 이제 못 보는 건 좀 아쉬운데요."

한덕수와 가깝게 지냈던 박우진은 처장이 바뀌는 걸 내심 아쉬워했다. 골문을 향해 거침없이 달려드는 공격수인 한덕수를 구경하는 재미가 나름 쏠쏠했기 때문이다. 때론 한덕수도 정신 놓고 달려들다가 자살골을 넣긴 했지만 그 미친 열정과 에너지만큼은 인정해줘야 한다고 생각했다.

"그렇게 아쉬우시면 처장님이랑 매일 영상통화라도 하세요."

경지혜가 말했다.

"아메바 장군님은 지금 뭐 하고 있을까요?"

조규학이 궁금해했다.

"궁금하면 영상통화 해보라니깐. 지금 어딘가에 쭈그리고 앉아서 사이다를 홀짝거리고 있을지 누가 알겠어."

"저 진짜 전화 걸어요?"

"해봐요, 해봐. 재밌겠다."

양주희가 적극적으로 부추겼다.

조규학이 한덕수에게 전화를 거는 시늉을 했다. 그러자 양주희가 폰을 뺏으려고 덤벼들어서 하마터면 진짜 발신 버튼을 누를 뻔했다.

그 시각 한덕수는 아무도 없는 입학처장실에서 짐을 정리하다 말고 잠시 소파 침대에 누워 있었다. 일주일 전 배인학 총장은 12월 31일자로 보직 종료될 거라는 소식을 전했다. "쉬면서 그동안 못 했던 연구도 하고 생명과학과도 잘 보살펴달라" 부탁하고는 전화를 툭 끊었다. 조만간 기회를 봐서 다시 본부로 부르겠다는 흔한 인사말조차 없었다. 한덕수가 오랫동안 꼭 붙잡고 있었던 줄은 그렇게 한순간에 끊어졌다. 이제 그 썩어빠진 동아줄을 잡기 위해 다른 누군가가 허겁지겁 달려들 차례였다.

필사즉생필생즉사. 죽기로 싸우면 반드시 살고, 살고자 하면 반드시 죽는다. 한덕수는 이런 마음으로 감사 마지막 날 학교로 돌아갔다. 자신의 영웅적인 행동이 널리 퍼져 총장과 이사장의 마음을 돌리길 간절히 기대했다. 하지만 안타깝게도 총장과 이사장에게는 가닿지 않았다. 중간에 하이에나들이 그 소식을 낚아채 꿀꺽 삼켜버렸다.

한덕수는 처장실에 걸어둔 프로필 사진을 서글픈 눈빛으로 바라보았다. 입학처장이 되자마자 찍었던 사진이었다. 부총장이 될 때 한 번, 총장이 될 때 한 번, 이렇게 두 번 더 찍을 계획이었다. 다음번엔 다이어트에 성공해서 톰 포드 양복을 입고 찍으려고 했는데, 이젠 혼자서 쓸쓸히 셀카를 찍는 것으로 만족해야 했다.

냉장고 문을 열었다. 냉장실에는 사이다가, 냉동실에는 핫도

그가 가득했다. 한덕수는 잠시 고민했다. 이걸 다 챙겨갈까? 아냐, 직원들을 위해서라도 남겨둬야지. 아쉬운 마음에 핫도그를 하나 꺼내 전자레인지에 돌렸다. 이곳에서 먹는 마지막 핫도그라고 생각하니 대단히 서글퍼졌다. 눈물을 머금고 핫도그를 입속으로 꾸역꾸역 밀어 넣었다.

한덕수는 맞춤 정장을 입고 첫 출근하던 날을 떠올리며 불을 껐다. 자신의 사진은 벽에 그대로 걸어둔 채였다. 사무실을 한 바퀴 돌면서 직원들의 자리를 쓰다듬었다. 이곳에서 밤을 지새울 날도, 직원들의 자리를 엿볼 날도 없다고 생각하니 몹시 외로워지면서 벌써부터 사람들이 그리웠다.

"자, 그러지 말고 돌아가면서 건배사 하죠, 건배사."

유장휘가 들뜬 표정으로 제안했다.

"우리 제발 건배사 좀 그만합시다."

김지민이 혀를 차더니 맥주를 들이켰다.

"맞아요. 너무 고통스러워요."

경지혜도 거들었다.

"건배사가 뭐 어때서요? 명색이 송년회인데 하던 건 해야죠. 그래도 이젠 파도타기랑 잔 돌리기는 안 하잖아요."

유장휘는 물러서지 않았다.

"자, 그럼 장대현 차장님 먼저 하실까요?"

"아니, 뭘 또 나부터."

장대현이 머뭇거리자 김지민이 먼저 나섰다.

"그럼 제가 먼저 할게요."

"과장님, 몇 초 전에 분명히 이런 거 왜 하냐고 그러지 않으셨
어요?"

최성관이 의아해했다.

"매도 먼저 맞는 게 좋으니까. 그리고 꼭 하고 싶은 건배사가
있거든."

"뭐예요? 궁금해요."

강혜윤이 호응해줬다.

"자, 제가 '김지민 아들' 하면, 여러분은 '대박 나라' 해주세요.
아시겠죠?"

"좋아요, 좋아."

윤소희가 테이블을 두들겼다.

"에이, 그게 무슨 건배사야?"

유장휘가 핀잔을 줬다.

"뭐 어때요? 제 마음이죠."

김지민이 맥주잔을 들고 샤우팅하듯 외쳤다.

"김지민 아들!"

"대박 나라!"

"그럼, 다음은 제가 이어서 건배사를 하겠습니다."

사람들이 잔을 내려놓자마자 조규학이 자리에서 슬그머니 일어났다.

　"저도 새해 소망을 담아 건배사를 해보겠습니다. 웃지 말고 다들 제 미래를 축복하는 마음으로 진정성 있는 건배사를 같이 해주시면 감사하겠습니다."

　"소개팅 백 번 도전, 이런 거 하려고 그러죠?"

　양주희가 장난치자 조규학이 의기양양하게 답했다.

　"모르시나 본데, 저 지금 만나는 사람 있어요."

　"오, 정말요?"

　"누군데?"

　"뭐 하는 사람이에요?"

　"얼마나 만났어요?"

　조규학의 갑작스러운 연애 소식에 사람들이 득달같이 달려들었다. 조규학이 쑥스러워하며 말했다.

　"사실 예전에 만났던 선생님 다시 만나고 있어요."

　"아, 진짜? 헤어졌다고 며칠 동안 식음도 전폐했던 그 사람?"

　경지혜가 놀랐다.

　"왜 다시 만난다고 말 안 했어요? 축하해요. 잘됐어요."

　양주희가 웃으며 박수를 쳤다.

　"이렇게 사람 귀찮게 하니까 말 안 했죠. 아무튼 제 건배사는 '내년엔 결혼', '가즈아'로 하겠습니다."

조규학이 크게 외쳤다.

"내년엔 결혼!"

"가즈아!"

한덕수와 오현종이 없어서인지 분위기가 한결 가볍고 자유로웠다. 강제로 시키지도 않았는데 너도나도 일어나 자율적으로 건배사를 했다.

다른 부서로 발령이 나길 바라는 최성관은 '입학팀을, 떠나자'로 했다가 장대현으로부터 "너도 나처럼 10년 넘게 여기서 썩게 될 거다"라는 저주를 듣고 말았다. 경지혜는 앞으로 일하면서 서로 그만 싸우자고, 싸우는 것도 아주 지긋지긋하다며 '내년엔, 싸우지 말자'로 했다. 양주희는 그래 봐야 분명히 또 싸우게 될 거라며 '주먹질도, 웃으면서'로 건배를 제의했다. 홍지원은 야근과 주말 출근을 줄이자는 의미에서 '나인 투, 식스'로, 박우진은 W대를 넘어서자는 취지에서 '킬, W'로 했다가 W대 출신인 김지민의 싸늘한 눈초리를 받아야만 했다. 강혜윤, 윤소희, 정예림은 같이 일어서서 'Q대, 화이팅'으로 짧게 마무리했다. 이에 유장휘가 "성의 없이 그게 뭐냐"면서 질타했다가 오히려 꼰대로 몰렸다.

딸랑딸랑. 꼬꼬댁 문이 열렸다. 문에 달린 작은 종소리와 어울리지 않는 큰 덩치가 가게로 들어왔다. 한덕수였다. 아무도 부르지 않았는데 제 발로 찾아온 그를 보고 다들 입을 다물지 못했다.

"제가 뭐 닭을 먹으려고 온 건 아니고…… 그래도 마지막 날이니 인사를 하러 왔어요."

그러더니 한덕수는 테이블 끝에 앉아 닭을 뜯기 시작했다.

"포장해서 손에 쥐여드려요."

김지민이 유장휘에게 속삭였다.

"처장님, 사이다라도 시켜드릴까요?"

유장휘가 큰 소리로 물었다.

"오늘은, 콜라로 할게요."

"무슨 일이래?"

경지혜가 놀라며 자그맣게 얘기했다.

"아무래도 충격이 크시겠죠."

양주희는 처음으로 한덕수가 걱정됐다.

"사람이 한순간에 갑자기 바뀌면 큰일 난다고 그랬는데."

"총장실을 향한 레이스에서 낙마했으니 그럴 법도 하죠."

조규학이 메뉴판을 펼쳤다.

"처장님이 좋아하시는 마늘통닭이라도 시켜드려야겠어요. 마늘 많이 드시고 사람 좀 되라는 의미에서."

"그런데 처장님, 평소엔 왜 콜라를 안 드셨어요? 손도 안 대셔서 저희는 다 싫어하시는 줄 알았거든요."

김지민이 궁금증을 참지 못하고 물었다.

싫긴 뭐가 싫어요. 없어서 못 마시는데. 물론 싫어하는 사람이 있었죠. 제가 콜라를 입에 달고 사는 걸 극도로 싫어했어요. 사이다라고 다를 리는 없지만 콜라를 끊는 최소한의 노력이라도 해야 할 것 같아서…….

한덕수는 말을 하려다 꾹 참고 콜라를 벌컥벌컥 들이켰다. 아주 오랜만에 마셔보는 콜라는 환상적인 맛이었다.

Q대 직원들이 한 해를 마무리하는 사이 안수현과 이원석은 아이슬란드 레이캬비크에서 치즈에 와인을 마시고 있었다. 둘은 아이슬란드를 시작으로 1년 동안 세계 여행을 할 계획이었다. 안수현은 계약기간 만료로 5월 말에 학교를 떠났고, 퇴사할 거라고 노래를 부르던 이원석은 8월 초에 사직서를 냈다. 바빠지는 시기에 퇴사한다고 엄청나게 욕을 먹었다. 하지만 떠나는 마당에 이원석은 누가 욕을 하든 말든 전혀 신경 쓰지 않았다. 다만 퇴사한다는 말에 마치 실패자 쳐다보듯 하던 몇몇 사람의 눈빛은 좀처럼 잊을 수 없었다. 그 순간만큼은 자신이 정말 사회 부적응자라도 된 것 같았다. 어떻게든 더 재밌고 멋지게 살아야 한다고, 이원석은 그게 자신이 할 수 있는 최고의 복수라고 생각했다.

"이런 곳에 입학설명회를 보내줬으면 벽에 똥칠할 때까지 다녔을 텐데."

이원석이 농담했다.

"가만 보자…… 오늘이 마지막 날이니까 꼬꼬댁에서 송년회 하고 있겠다."

"팀장 바뀌었겠네?"

안수현이 물었다.

"그렇지. 누가 됐으려나."

"처장도 바뀐다고 그러던데."

"맞아. 사람들 이제 좀 편해지려나?"

"그건 모르지. 어떤 돌연변이가 와서 사람들을 미친 듯이 괴롭힐지 누가 알겠어?"

"사람들 똥줄 엄청 타고 있겠다."

이원석은 인사 발령을 초조한 마음으로 기다리고 있을 옛 동료들을 떠올리며 피식 웃었다.

"퇴사한 거 후회해?"

"아니, 전혀."

"불안하지 않아?"

"불안한 마음이 터럭만큼도 없다면 거짓말이겠지. 그래도 좋아. 오늘이 즐겁고 내일이 기다려지고."

"새해가 이렇게 기다려지긴 처음이야. 내가 세계일주라니."

안수현은 감상에 젖었다.

"수현아."

"왜?"

"난 있잖아."

이원석이 느끼한 눈빛으로 안수현을 바라보았다.

"우리 여행에 유통기한이 있다면 만 년으로 하고 싶어."

"너 그러다 만 년 동안 혼자 여행하는 수가 있어."

둘은 와인 잔을 가볍게 부딪쳤다. 짠 소리와 함께 어느새 불안함도 사라지는 것 같았다.

접시에 놓인 치킨이 다 사라지고 있는데도 인사 발령 공고는 뜨지 않았다. 사람들은 수시로 학교 게시판을 확인했다.

장대현은 관심 없는 척했지만 속이 타서 맥주를 계속 홀짝거렸다. 초조한 마음에 다리를 달달 떨며 금세 두 잔을 비워버렸다. 우여곡절 끝에 감사를 마무리하고 다행히 징계까지 피했기에 팀장 자리를 은근히 기대하고 있었다.

"인사 발령 아직 안 떴죠?"

유장휘가 새로고침을 했지만 게시판에 새 게시물은 올라오지 않았다.

"자, 그럼 장대현 차장님은 좀 더 이따가 건배사를 하시고 이번엔 제가……."

딸랑딸랑딸랑. 요란한 종소리와 함께 익숙한 실루엣이 나타났다. 씨익 웃으며 등장한 건 다름 아닌 오현종이었다. 한덕수가 왔을 때처럼 직원들은 놀라서 할 말을 잃었다. 분명히 지난주에 짐 다 싸서 떠났는데…… 다들 의아해하는 사이 최성관이 벌떡 일어나더니 버선발로 달려나갔다. 오현종에게 송년회 초대 메시지를 보낸 것은 최성관이었다.

"왜? 오늘은 알탕 아니고 치킨이라서 괜찮아?"

오현종이 농담하자 최성관이 땀을 삐질삐질 흘리며 잘못했다고 빌었다.

"자네가 뭘 잘못해. 알탕만 먹인 내가 미안하지. 이젠 자네 먹고 싶은 거 많이 먹으면서 잘 지내."

오현종은 껄껄 웃으며 자연스럽게 한덕수에게 다가가 손을 덥석 잡았다.

"아이고, 처장님도 계셨군요. 안 그래도 인사드리려고 했는데, 잘됐습니다."

"팀장님, 잘 오셨습니다. 저도 이제 막 왔습니다. 여기 앉으시죠."

둘 다 내일이면 공식적으로 입학팀 식구가 아니었다. 마지막 만찬이라 생각하니 그간 가슴속에 쌓여 있던 응어리들이 일시에 해소되는 것 같았다. 서로를 조금 더 따뜻하게 대하지 못했던 게 이제야 후회됐다. 상극에 가까운 둘은 어쩌면 환상의 커플이었을지도 몰랐다. 불같이 공격하는 사람이 있으면 살뜰하게 수비를 챙기는 사람도 있어야 하는 법인 것처럼.

"자, 그럼 모두 모였으니 사진이라도 찍을까요?"

유장휘가 일어나 단체 셀카를 찍었다. 갑자기 사진을 왜 찍냐면서도 다들 사진에 나오려고 얼굴을 이리저리 내밀었다. 몇몇은 일어나서 자세를 잡았다.

"처장님, 건배사라도 하시죠?"

오현종의 권유에 한덕수가 못 이기는 척 자리에서 일어났다.

"여러분, 제가 그동안 많이 괴롭혀서 정말 죄송합니다. 다 학교를 위한다고 그런 것이니 넓은 마음으로 이해해주시면 감사드리겠습니다."

한덕수의 진지한 사과에 오히려 당황한 건 직원들이었다. 어떻게 사람이 한순간에 변하나…… 그래도 바뀌지 않은 게 있었다.

"자, 제가 묻겠습니다. 입시가 뭡니까?"

"전쟁입니다!"

박우진이 벌떡 일어나 큰 목소리로 대답했다가 눈치를 보며 앉았다.

"맞습니다. 입시는 전쟁입니다. 우리가 한눈을 팔면 Q대는 다른 대학에 우수한 인재를 다 빼앗길 겁니다. 하지만 오늘만큼은 입시가 평화라고 말씀드리고 싶습니다. 우리가 앞에 나서서 싸워주니까 이 평화를 지킬 수 있는 거죠. 여러분이 있기에 우리 대학이 평화로운 나날을 보내고 있는 것 아니겠습니까?"

무슨 말인지 이해되지 않았으나 몇몇이 열심히 고개를 끄덕였다.

"제가 '입시는' 하면, '평화다' 해주십시오. 자, 입시는!"

"평화다!"

한덕수가 잔을 비우고 앉자 오현종이 곧바로 일어났다.

"여러분, 제가 오늘 여기 온 건 아직 퇴직 선물을 못 받아서입니다. 서프라이즈 선물 준비하셨죠?"

농담이라고 꺼냈는데 아무도 웃지 않았다. 오현종은 머쓱했지만 아무 일도 없었다는 듯 맥주잔을 든 채 말을 이었다. 오랫동안 몸담은 학교에서의 마지막 건배사라고 생각하니 도저히 간략하게 줄일 수 없었다. 후배들에게 미처 말해주지 못한 당부 사항들이 꼬리에 꼬리를 물고 떠올랐다. 오현종은 교장 선생님 훈계하듯 한참 동안 얘기했다.

"비록 저는 떠나지만 다음 팀장님이 잘 이끌어줄 거라고 믿어 의심치 않습니다."

그러면서 오현종은 구석 자리에 있는 장대현을 의미심장한 눈빛으로 바라보았다. 덩달아 직원들도 장대현을 주시했다. 몇몇은 테이블을 두들기며 환호했고 유장휘는 "장대현 팀장님 되기 일보 직전"이라며 호들갑을 떨었다. 몸 둘 바를 몰라 하던 장대현의 얼굴에 어느새 환한 웃음꽃이 피어 있었다.

"자, 그럼 마지막 건배사를 하겠습니다."

오현종이 맥주잔을 높게 들자 직원들이 다 같이 잔을 들었다.

"제 건배사 잘 아시죠?"

오현종의 건배사는 항상 똑같았다.

"제가 '입학은' 하면, 여러분은 '사랑입니다' 해주시면 좋겠습니다."

경쾌한 목소리에 모두의 시선이 오현종을 향했다. 순간 정적이 흘렀다. 오현종의 눈에서 뜨거운 눈물이 쏟아지고 있었다. 덩달아 김지민도 눈시울이 붉어졌다. 오현종과 마찰이 잦았기에 하루라도 빨리 오현종의 퇴직을 바랐는데, 막상 그의 눈물을 보자 김지민은 갑자기 감정이 복받쳤다.

오현종은 휴지로 눈물을 찍어 누르고 힘찬 목소리로 선창했다.

"자, 입학은!"

"사랑입니다!"

다들 잔을 비우고 있을 때 최성관이 흥분해 소리쳤다.

"인사 발령 떴어요!"

모두 동시에 휴대폰을 들여다보았다. 그리고 일제히 장대현 쪽으로 시선이 향했다.

　동전, 흰생선 그리고 김사랑. 2014년 6월에 썼던 첫 소설의 첫 문장입니다. 어떤 맥락에서 이렇게 썼는지 도무지 기억나지 않아 좀 더 읽어봤습니다. 다름이 아니라 소설의 인물이 회사 화장실에서 볼일을 보다가 '도전, 희생 그리고 사랑'이라는 회사의 3대 가치에 장난치는 내용이었습니다. 화장실에 쓴 낙서가 제 소설 인생의 첫 문장이라니, 조금 민망하고 부끄럽습니다. 소설을 쓴 지 8년 만에 첫 책을 내게 되었습니다. 저의 소중한 일상이 되어준 '소설'에게 고맙다고, 앞으로도 사이좋게 잘 지내보자고 말하고 싶습니다.

　한때 대학교 입학처에서 입학사정관으로 일한 경험을 밑천으로 이 소설을 썼습니다. 우수한 학생을 선발하기 위해 고군분투하는 입학처 사람들의 희로애락을 담아보고 싶었습니다. 고백건대 제가 소설을 써야겠다고 처음 마음먹은 게 바로 입학처에서 근무할 때입니다. 힘들고 괴로워서 현실에서 도망치고 싶었습니다. 그런데 그 시절의 경험을 자양분으로 책을 출간하게 되었습니다. 역시 인생은 알 수 없는 거라고, 잠깐 생각했습니다. 그 당시 함께 고생하며 인연을 맺었던 분들께 안부 인사를 전하고 싶습니다.

2020년 한국문화예술위원회 아르코청년예술가지원사업에 선정되어 취재를 지원받았습니다. 지원해주신 한국문화예술위원회와 흔쾌히 인터뷰에 응해주신 입학처 직원, 입학사정관, 고등학교 선생님께 감사드립니다. 여러분들의 도움이 없었다면 다양한 사람들의 이야기를 소설에 담지 못했을 겁니다. 2020년에 취재했고 2021년에 썼습니다. 2022년의 대학 입시와는 맞지 않는 부분이 있을 수 있으니, 너그러운 양해를 부탁드립니다.

가끔은 소설이라는 늪에 빠진 기분입니다. 아무도 관심 없는데 혼자 늪에서 팔을 휘젓고 발버둥 치고 있는 것만 같아 외롭기도 합니다. 그런 저에게 따뜻하게 손을 내밀어주신 심사위원 선생님께 감사드립니다. 여러분들의 따스한 손길 덕분에 저는 또

한동안 즐겁게 늪에서 놀 수 있을 것 같습니다. 이 책이 나올 수 있도록 세심하게 살펴주신 넥서스 편집부에도 감사의 마음을 전합니다.

언제나 인생의 든든한 버팀목이 되어주고 아낌없이 응원해주는 가족에게 감사드립니다. 같이 놀아주고 술을 마셔주는 친구와 동료에게 고맙습니다. 아무리 이상한 걸 써서 보여줘도 항상 재밌다고 얘기해주는 아내가 없었다면 이 작품 또한 쓸 수 없었을 겁니다. 고맙고 사랑합니다. 끝으로 부족한 시간을 쪼개 이 소설을 읽어주실 독자분들에게 감사드립니다.